セピア色のスケッチブック

宮澤政文

幻戯書房

目次

Ⅰ

Ⅱ

Ⅲ

Ⅳ

装　丁　幻戯書房編集部

セピア色のスケッチブック

I

偶奇性の法則

最近の新聞に面白い記事がのっていた。何でも「偶奇性の法則」というのがあって三〇年来、理論物理学の基本法則になっていたというのである。ところが、中国出身の若い科学者二人がこの法則を否定し、さらにこの理論が実験によって正しいことが証明され、アインシュタインの相対性理論も否定することになったらしい。一方これに対して、日本の学者がそれに対する反論を発表した。それによれば、偶奇性は保持され、しかも相対性理論も否定されずにすむのだそうである。私には相対性理論も偶奇性もその名前を知っただけで内容は何も判らないが、一番気になるのが相対性理論の否定ということである。これに関して、寺田寅彦が書いた随筆を以前に読んで非常に興味深く感じたことを思い出し、今日、再び引っ張り出してきて読んでみた。次に紹介しておく。

まずニュートンの運動の法則というものは相対性理論の出現によって初めて了解されるようになった。だから、結局ニュートン自身この法則を完全には理解していなかったということになる。このパラドックスをアインシュタインの場合にもあてはめてみると、アインシュタイン自身、相対性理論を理解していないかもしれないということになる。また科学上の学説に、絶対的「完全」は不可能である。だから一つの学説を理解する為にはその短所を認めることが必要であると同時に、その長所を見逃してはならない。これは科学者自身すら忘れがちである。

「相対性原理は仮令《たとい》如何なる不備な点が今後発見され、又仮令如何なる実験的事実が此の説に不利なやうに見えても、それが為に根本的に否定され得べき性質のものではないと私は信じて居る。」（「相対性原理側面観」『寺田寅彦全随筆二』岩波書店）

以上のことが書いてある。新聞の伝えることとしか知らないから、相対性理論がどの程度まで否定されたのか判らないが、短所を発見したことにはなるであろう。しかし、長所を見逃してはならないという寅彦の戒めはこの場合あてはまらないであろうか。科学上の学説は絶対的に正しいものであることはできず、現象を矛盾なく、より合理的に説明がつくものの方がより優れた学説であるということは今も昔も変りないであろう。

この新しい学説によって相対性理論が否定されるのか、あるいはより一層了解されるのか興味ある問題である。また寅彦の言う「ニュートンの運動の法則」のパラドックスがアインシュタインの「相対性理論」にも、更には今度の「偶奇性の法則」の場合にもあてはまるかもしれない、

と考えると一層面白くなる。これは科学の世界における下剋上とも言うべきか。(一九五七・一)

後記

当時「偶奇性の法則」と新聞で報道されたものは物理学で「パリティ(対称性)の保存則」と呼ばれるもので、これが素粒子間の弱い相互作用において保存されない、という論文を中国出身の二人の若い物理学者、李《リー》政道および楊《ヤン》振寧が発表した(一九五六年)。このパリティ非保存理論は実験によっても実証され、二人は一九五七年度のノーベル物理学賞を受賞した。なお、二人はシカゴ大学でエンリコ・フェルミ教授に師事したという。

雪とメルヘン

ええ、それはもう、遠い遠い昔のお話でございます。何せ、私がまだ純情な学生であった頃のことなのですから、もうかれこれ六、七年前のことになりましょうか。しかし、私の記憶の中では、それは、もっともっと昔の、はるかに遠い過去のことのように思われるのでございます。何でもあの頃は、安保闘争とか申しまして、それこそ日本中の若者達が正義の怒りに燃えて立ち上り、興奮致しまして、私共も、毎日のように授業を放棄しては、デモに参加したものであります。夜、街燈やネオンの輝く祇園の電車通りや円山《まるやま》公園、そして府庁前の広場を、スクラム組んだ労働者、学生達が埋め尽し、歌を歌い、そうして、至るところに大きな旗が人波にもまれて揺れ動いている光景は、革命前夜を思わせるような、本当に素晴らしいものでありました。今はもう、あの時の理想も情熱も、そして人々の絆も、きれいに、跡形なく消えてしまっているのですから、やはり、あれは、よっぽど昔のことに相違ありませぬ。

その頃私は、信州の片田舎から雅やかな京都の街に出て参りまして、そこの大学に学んでおりました。何の間違いからか、専門の勉強を放り出して、柄にもなくピアノに熱中したり、或いは麗しき女性に恋をしたり、それはそれは張り切って、感激に満ちた日々を送っていたものでした。その当時のことは、次第に記憶から遠ざかり、今になってみれば、まるでもう、霧の中の燈《ひ》のように漠としてつかみどころがないのですけれども、しかし、あの晩のことだけは、はっきりと、実に鮮かに私の脳裡に刻み込まれているのでございます。高い山に登って、雲海が足元一面にずっと拡がって、その他は何も見えず、やがて、その雲のはるか彼方の遠方に富士山の姿がくっきりと浮かび上る——丁度こんな情景にも似た気持と言えばよろしいでしょうか。あれは、ことによると夢かもしれない。夢ではないようにも思えます。はっきり致しませぬ。あの頃は、良きにつけ悪しきにつけ、本当に沢山の夢を見たものですから、今思い返してみても、はっきり致しませぬ。

ある年の暮れ、私は、不思議な、そして美しいものを見たのでございます。既に夕闇迫る頃で、雪が静かに降り積っておりました。その年は珍らしく、京都にも何度か雪が降ったのでございます。私は鞄を下げて下宿に帰るところです。

当時私は、賀茂川のほとりにある静かなお家の一間を借りて、そこから毎日、東一条の大学構内まで通っておりました。石塀に囲まれた立派なお家で、その二階の、南に面した明るい六畳間が私の部屋でした。すぐ前の庭には、手入れの行き届いた樫や桐、それにヒマラヤ杉などが植えてありました。よく夕方になって、窓際に腰かけて西の方を眺めると、塀に沿って並んだサルスベリやシュロの木の向うに森が見え、そのまた向うに、赤く染まった夕焼空が見えました。めっきり冷え込むようになった秋の朝早く、ここのおばさんが庭で落葉を掃いている、さわやかな音に誘われて、目を覚ましたこともございました。このお家は、お父様が何年か前に病気で亡くなられ、母と兄妹の三人、ひっそりと暮しておりました。兄様の方は私より幾つも年が上で、大阪の医科大学に通っており、妹さんは私と同い年か或いは一つ二つ違い位の、すらりとした美しい方で、お琴の先生をしておりました。私が寝坊して、朝の一〇時頃、そろそろ起きようか、と寝床の中で思案している時など、下の部屋からお琴の音が聞えて来たこともありました。私が、この下宿先から毎日、大学まで通う道の途中に、いわゆる「特殊部落」がありました。

特殊部落。この言葉の中には、何百年にわたる人間の恨みと呪いがこめられている。京都は古き都、美しき街、静かな憩いの地、というのが世の定説になっているようですけれども、裏から見れば、一面でこれ程汚辱に満ちた都はない。華やかな街の裏側に「部落」があり、虐げられた人々がいる。「部落の子」として生まれたが故に、一生、貧乏と差別と屈辱に堪え、ドン底の生活を送らねばならない人がいる。一生涯。同じ人間なのに――。

いいえ、京都の風物にケチをつけたり、悪口を言おうとしているのでは、決してありませぬ。ただ事実を事実として、ありのまま申し上げているのでございます。

そうです。私が朝晩往き来しておりました道の傍らにも、その特殊部落があったのでございます。みすぼらしいあばら屋。密集した家。特有な臭い。少し注意して歩けば、誰にも、すぐにそれと分ります。暑い夏の夕方、道の端に粗末な台を持ち出して、男も女も大勢涼んでいます。諦め切った表情の中に、何か我々を圧倒するようなものを感じとったのは、ひとり私だけでしたでしょうか。明日への希望も喜びもなく、極貧と絶望の中に、かえって悠々と生きている。それが、あの未解放部落の人々なのだと思われます。

既に短い日はとっぷりと暮れてあたりは暗く、ところどころにある街燈が、降りしきる雪をボーッと照らし出していました。私はいつものように、その部落の真中をつき抜けている道を通りかかったのです。何分にも寒い晩のことですから、下宿の火鉢が恋しくて、急ぎ足でありました。その時です。私の足がはたと止ってしまいました。左側の、とある一軒の家の前から、子供達の合唱が聞えて来るのです。澄んだ、美しい声でした。見れば、数人の幼い子供達が、みすぼらしい家の、申し訳ばかりの狭い軒下に、一本のロウソクを立てて、その明りを前に、体を寄せ合って歌っております。不思議なことに、皆んな頭巾を被っていました。降りかかる雪をよけるためでしょうか。戦時中、私共の幼い頃、よく被らされたあれです。そうして、何か一心に、声を合せて歌っているのです。男の子も女の子もいたようです。一人ひとりの顔ははっきりしませんが、中にひとりのすらりとした少女の澄んだ顔が、ロウソクの明りに照らし出されて、ひときわ輝いて見えました。もしもこの世にマリア様が甦って来たとしたら、きっとこんな姿であるに違いない。天使のような人とは、きっとこんな少女のことを言うのだろう、と思いました。

さて、あの子等は、一体何を歌っているのだろう？　そして、あの頭巾は？　一瞬立止った私は、なおはっきり自分の目と耳で確かめたい、と思い始めていました。道からそれて、その軒下に向って一歩踏み出したのです。

その瞬間、不思議なことが起りました。ロウソクの明りと子供達が、絵のように、そのまま一歩だけ向うへ遠ざかってしまったのです。はて、これはどうしたことだろう、何か錯覚ではないかしらん、と不審に思って、二歩、三歩となおも雪の中を踏み分けて進みますと、やっぱり彼等は同じ距離だけ遠のいているのです。私が駈出すと向うも駈出し、こちらが止ると同じように止ります。私達の距離は一向に縮まりません。いつの間にか、私の額は汗ばんでいました。一生懸命でした。しかし、どんなに私がムキになって追いかけても、ゆらめくともしびは私の手には届かない、遠くにありました。子供達は、静かに、いよいよ澄んだ声で歌っております。

とうとう私も諦めて、引き返して参りました。もといたところに帰って来た私が、振り返って見ますと、これはまたどうしたことでしょう、たった今、私が一生懸命走って追いかけ、そしてまた同じところを歩いて戻って来たのに、雪の上に踏みつけた足跡はきれいになくなっておりました。――私は道端に立ったまま、映画の一画面でも見ているように、依然として、ロウソクの炎と子供達と雪のある、あの明るい風景を眺めているのでした。そして一心に、澄んだ歌声に耳傾けておりました。

その夜、どの位の間、私がそこに、雪の降る中に、立っていたのか、それからどのようにして下宿に戻って来たのか、私はとんと記憶に留めておりませぬ。ただ、あの不思議な光景だけが、白い炎のゆらめきにも似て、いとも鮮かに浮かび上って参ります。その前後のことは、意識の深い深い暗闇の中に吸い込まれてしまったようであります。

冬の夜、降りしきる雪の中で、一本のロウソクをともし、頭巾を被り、一心に歌っていた数人の子供達——ええ、ただそれだけのことでございます。しかし、私はこれ程澄んだ清らかな歌声を聞いたことがありませぬ。あの幼い子供達ほど美しいものを見たことがありませぬ。ひたむきな祈りの姿を見たことがありませぬ。

あの幼い子等は、何を歌い、何を祈っていたのでしょう？　もしも、私の見たものが夢だとしたら、私は一生、夢の中に生きていたい——。

＊

何年かがあわただしく過ぎて行きました。私は、久し振りに京都を訪れました。春でした。桜のつぼみがふくらんでいました。東山も比叡山も霞に包まれて眠っていました。昔親しかった先輩や友人達にも会って、皆んなでピアノを囲み、楽しい一時を過しました。私が以前下宿していたあのお家も訪ねてみました。昔の通り、あの「部落」の中の道を歩いて行ったのです。

かつて雪の降る夜、私がここで見た子供達はいるだろうか？　もしいたら声をかけてみよう。向うもきっと、私の顔を覚えているだろう。ぼく達はもうずっと前から知り合っているのだから、と、そんな風なことを思っていたのです。そして、あの子等が身を寄せ合っていた家の軒下は、あれはどこだったのだろう？

――しかし全てが変っていました。密集していた家の大半が取り壊され、代りに、きれいな鉄筋のアパートが建ち始めておりました。あの軒下も、ロウソクも、頭巾も、何にもありませんでした。白い階段のところで、腕白ざかりの子供達が遊んでいました。小ざっぱりした服を着て、しかし、全く見知らぬ顔でした。無心にはしゃいでいます。

私自身、年をとっていました。やっぱりぼくは夢を見ていたのだなと、その時ふっと気がついたのです。遙か前方の山々が霞んで見えました。幼いということ、若いということ、美しいということ、それはみんな一瞬間の、幻のようなものだということを、賀茂川のほとりを歩きながら考えていました。川の水は昔のまま、無心に、さらさら、さらさらと流れておりました。

（一九六六・五）

学生さんの街

京都は千年の都。日本古来の伝統的な雰囲気と芳香の漂う美しい街である。いわば、我々の心のふるさとである。そういうことになっているのである。

もっとも最近では、観光の為に力を入れる余り、何だか妙な塔が建てられ、甚だしきに至っては、俗世間から超越してひたすら仏の道に精進する筈のお坊さんが、マイク片手に飛び歩き、観光客の案内に余念がないのだから、そう言葉通りに古式豊かな街とは言いかねる。郊外にだってどんどんアパートなどが建ち始めている。時代の波はここにも押し寄せているのである。日本中の都市が、農村が、急激に変化しているように、京都もまた日ごとに変っている。しかし、変化してはいるけれども、やはり京都はいい街だ。

そうだ、少し郊外に出て、大原の三千院や寂光院、それに静原や嵯峨野をゆっくりと歩いてみるがよい。うららかな春の日ざしの降る日でも、暑い太陽の輝く夏の午後でも、或いは虫の鳴く秋の夕暮れであっても、いつでもよい。そこは、何と豊かな馥郁《ふくいく》とした香りと郷愁とに満ちているることだろう。それは、ぼく達誰もが幼いときから持ち続け、そして長い歴史の幾春秋の間に、多くの人々が感じ続けて来たものであったに違いない。そのような、ぼく達の心の中に古いつながりを感じさせるものが、そこには確かに残っているようだ。

そればかりではない。京都が我々にとっていつまでも良き街であるのは、そこに住む人々が優しい気持ちを持っているから、とりわけ学生を尊重するからである。学問・芸術を深く愛しているからである。何かあっても、「学生さんやから」と大目に見てくれる。出世払い、という言葉があるけれど、いわばそんな名残がまだ残っているのに違いない。これも伝統なのであろう。京都は「学生さん」の街である。

ぼくは四年間の学生生活の間に、下宿を四、五回変っている。しかし変ったのは部屋だけで、そこに入る人間も変らなければ、その〝学生さん〟に対する下宿の人の態度もまた概ね変らなかった。ぼくは外に出ない時はいつも、自分の部屋で寝ころんで小説を読むか昼寝をしているのであるが、そこの家の人はきまって、ぼくが真剣に勉強しているものと錯覚を起し、物音も立てないように気をつけてくれるのである。だから、ぼくの昼寝もまた極めて気持ちがよい。下宿のおばさんがよく言ったものである。

「あんたはんは、ほんまによう静かに勉強しなはる。うちの子にも、いつもあんたはんを見習え言うておりますんや」

寝ているのだから静かな筈である。誤解もここまでくると気持ちがよいもので、なまじっか訂正などしない方がよろしい。

ぼくがまだ〝学生さん〟で、生意気なことを言い、授業をサボり、音楽に熱中していた頃のことである。ぼくは工学部に籍を置いていたから、当然、製図というものをしなければならない。もっとも、機械学科の学生のように連日図面とにらめっこするという程のことはなかったけれど、それでも、幾つかの課題を仕上げねばならず、製図の大嫌いなぼくは随分と悩まされたものである。

ある時、宿題が出て、その締切りがいよいよ明日に迫っていた。我々は皆、何日か前から下図の作業には取りかかるのであるが、それでも提出の前の晩はきまって徹夜しなければならなくなる。図面が仕上がるのはいつも夜が白々と明けかかる頃、ということになっていた。だからその日も、みんな下宿に帰って徹夜する筈であった。我々の学科の製図室は夕方になると閉められてしまうのである。

その日、最後まで製図室に残っていたのはM君とぼくの二人だけだった。下宿に帰ると、大きな製図用紙を粗末な机の上に拡げなければならず、不便この上なかった。しかし、夜中に製図室を開放してくれないものだから、〝前途有望な学生達〟は、皆このように苦心していたのである。製図室がそろそろ閉められる時間になった時、M君は突然名案を思いついた。この製図板を自分の下宿に持って帰るのである。

そうだ、それはいい考えだ。それに限る。ぼくは直ちに賛成した。それに、こんなに沢山の製図板を使わずに積んでおくのは、宝の持腐れというものだ。ところが冷静に考えてみると、ぼくの下宿は、こんな大きなものを抱えて帰るにしてはいささか遠過ぎるところにあった。下宿がすぐ近くのM君は、ぼくは持って帰ると言って、一枚の製図板を頭の上に両手でかつぎ上げて製図室を出て行ってしまった。

その姿を見てぼくは少しがっかりした。大学の備品を、良く言えば黙って持って帰る。悪く言えば泥棒である。元来、泥棒というものは、こそこそと人目を避けて盗んだ品物を運び去るのが常識である。だから、彼ももう少し何とか申し訳なさそうな顔をして、こっそりと持ち去って貰いたかった。ところが、彼は少しもそのような素振りを見せず、ニコニコしながら、堂々と、裏門を抜けずに正門を通って運んで行ったのである。その上、外はまだ明るかった。

最近は〝泥棒道〟なるものも地に落ちたようであるから、あながちM君一人を責める訳にはいかないかも知れないけれど、それでもやっぱり、ぼくは、彼の為に大変残念に思ったのである。彼はずっと実験のパートナーでもあり、陽気でマジメでぼくも信頼していた男であるから、どうしてもここは〝泥棒道〟のイロハを守って欲しかったのである。

さて、そのようにして、わが泥棒君が無事にその任務を終えて引き返して来たところに、丁度〝小使いさん（当時の呼称のママ）〟がやって来た。「もう時間やさかいに、出ておくれやす」。ぼく達は何とかもう少し延長して貰おうと談判したが、勝目がない。そのうちにこの小使いさんが言った。

「あんた方学生さんに任せておいてもええんやけど、もしや、その間に盗難があっても、学生さんの責任にはさせられまへんしなあ」

「そうや、そうや、そりゃ勿論そうですよねえ」

ぼくとM君は、済ました顔をしてそう言った。

さすがに最高学府の小使いさんだけあって見上げたものである。たった今ここで盗難があって、その張本人と目撃者とが目の前にいるのに、その二人に向ってかくの如き寛大な態度を表明した小使いさんは、キリストに比べても決してひけをとらないと感心した。

その後ぼくは、M君から例の製図板を借り受けたこともあるのだから、この一件に関する限り、単に目撃者であるにとどまらず共犯者の地位を獲得しているかもしれない。いるかもしれないけれど、ぼくは、いや我々は、一切の責任を問われず、無罪なのである。我々が〝学生さん〟であったからである。京都は「学生さん」の街である。

その後、この大きな、持ち運びにひどく不便な代物がどうなったか知る由もない。恐らく、我々の後輩に引き継がれていることだろうし、それなりに役に立っていることであろう。

卒業した後ぼくは、東京の、ある国立の研究所に勤務することになった。その頃は世の中の景気がよかったから、我々工学部の学生などは引く手あまたで困っていたものである。よほど成績の悪い学生でも、民間会社は好条件で迎え入れた時代である。甚だしく月給の安い国立の研究機関に就職するなどは、その頃の一般常識から言って、よほどの物好きか変り者に違いなかった。

卒業式を間近に控えた頃M君が聞いた。

「君はまた何であんなところに行くのや？」

「ぼくはお金が欲しいんでもないし、何が欲しいのでもない。ただ、時間的な余裕があるから行くんや」

ぼくはそう答えた。すると彼はこう言ったものである。

「時間なんかない方がええやないか。だいたい人間、暇があると人生に疑問を生じていかん」

彼は名古屋のある重工業会社に就職したのであるが、以来ずっと、人生に疑問を生ずる暇のないくらい忙しいらしい。奥さんを見つける暇もないようだ。「ピアノは買ったか買えなんだか。君のところは暇ではないのか」などとハガキをよこす。

ところでぼくの方は、M君の予言した通り、時間があって困るものだから小説ばかり読むことになり、かくて人生に疑問を生じることとなり、迷ってばかりいる。いよいよもって人生とは不可解なものだと、唯ただ呆れている始末である。


（一九六六・六）

音研遊楽記

ピアノ入門

「おぼしきこといはぬは、げにぞはらふくるる心ちしける。かかればこそ、むかしの人は、ものいはまほしくなれば、あなをほりてはいひいれ侍りけめと、おぼえ侍り」とは、『大鏡』の有名な冒頭の一節であるが、人間、何か言いたいことを言わずにいるということは、気持が悪いばかりでなく、精神病理学的に見ても、余り良いことではないらしい。

今私の手許に、一枚の古ぼけた名刺がある。「京大医学部　浜中淑彦」とあり、裏に音研ボックス（部室）の案内図が書いてある。吉田分校、門エイ、ケイジ板などと記入されており、その間をくぐり抜けて行くと新徳館の音研ボックスに至るというものである。思えばこれは、今から足かけ七年前の昭和三三年四月、宇治分校の庭で浜中さんと初めて会った時貰ったものである（当時、一回生は宇治分校、二回生は吉田分校で授業を受けた）。京大に入った時私は、音楽をやりたい、と思っていて、しかし、声を高校の時つぶして以来、合唱はダメ、弦楽器も勿論ダメ。そこでひとつピアノでも始めてみようか、と殊勝な出来心を起して、それで、音楽研究会（略称

＝音研）の紹介に来られた浜中さんに恐る恐る会ってみたのである（その時の浜中氏の音研紹介の内容は忘れてしまったが、何でもひどく難しい話だったように思う）。これが一生の不覚であった。お陰で私は、浜中さんに引張られてズルズルと音研に入り、以後卒業する迄、学問研究・真理探求の方をすっかり放り出して、もっぱら下手くそなピアノにしがみつく破目に陥ったのである。

宇治分校には古いピアノが二台あって、ピアノ同好会がそれを占領していた。そして、上手な人から下手な者までめいめい自分勝手な曲を弾いている中で、私はバイエルの初めからヨチヨチと我流で始め、原（千代子）さんや太田（紀子）さんの弾くソナタなどを聴く耳はまだなくて、当時誰であったかがバイエルの九七番を上手に弾くのを聞いて、いい曲だと感心し、俺もこんなの弾けるようになりたいなあ、とため息をつく始末であった。宇治では、しかし、先生にもつかなかったり、警職法だのストライキだのと大騒ぎがあったり、何やかやで、結局バイエルも終らないまま、春になって吉田へ来てしまった。音研では丁度、浜中さんが大活躍をしていた頃のことである。本人に言わせれば「活躍するもクソもあらへん。誰も何にもしよらんへん」のだそうだけれども、ともかくレコード・コンサートから雑用に至るまで一人で飛び回っていた。いわば音研の主である。二回生になってこの「音研の主」にも相談した結果、金内以恵先生のところに弟子入りすることになり、それから張合いが出て、ピアノに熱中し始めたのである。金内先生は昔の木村（敏）さん達の頃からずっと音研と深い縁のある先生で、多くの先輩方の若かりし頃の話を伺うことが出来て、そういう面でも大変に良かった。

　吉田の正門を入ると、まっすぐ教室に行かずに、条件反射的に左へクルッと曲ってしまうのは、昔から音研の人の習性なのだそうであるが、我々もまたこの習性の虜となり、毎日朝からボックスに行ってはピアノのあくのをコシタンタンとして狙っていた。安保の一年前、思えば嵐の前の静けさと言うべきか、緑の美しいうららかな春であった。一番古い先輩である木村さんや芦津（丈夫）さんなども時々ボックスに現われる。丁度、芦津さんが教養部のドイツ語の講師になられたばかりの頃で、浜中さんに「みんなで授業聞きに行ってひやかしてやろうか」などとおどかされていた時である。この大先輩方、講義はサボりなさい、と言う。教養部の授業なんて、「憲法」だとか、あんなのみんな下らんぜ、とおっしゃる。木村さんは、医学部の学生の時、出席率を正確に調べてみたら一二パーセントだったというし、浜中さんにしてもその頃の大変なサボり屋だったのだから、こういう先輩達の中にあって、まともな後輩の出る筈がない。お陰で私は、卒業までこのサボり癖から抜け出すことが出来なかったし、中には午後からの試験を寝坊して受けそこなった、という人までいたのだから呆れた話である。

　その年（一九五九年）の秋の文化祭（一一月祭）に藤村るり子ピアノリサイタルを開くことになった。これは主に芦津さんの推薦によるもので、あの時芦津さんは、「藤村さんは日本一のピアニストや」と言い、瀬野（悍《たけ》二《し》）さんは「あんなの芸術家でない」と反対して、スッタモンダした挙句にようやく決ったものである。そこで音研から正式に挨拶に行くことになって、一年上の大串（健吾）君と私と自転車で出かけた。家の前に着くと、とたんに中から素晴しい曲が聞えて来る。さてこそピアニストだけあってうまいなあ、と二人して感心していたら、実はそれは、レッスンに来ていた小学生の小さな女の子だったという、口惜しいようなエピソードがあった。中に入って、事務的な話を済ませて雑談していた時、大串君、何と思ったか、突然、「ぼくら、わざわざ遠くから来たんやから、何か一曲弾いて下さい」と言い出す。お願いではなくて強要である。同じ京都市内で、我々二人共自転車で来ているのに、「わざわざ遠くから来た」なんて、おかしくて、よくもまあ、こんな厚かましいことを言えたものだと、かつ呆れかつ感心したものであった。このとき藤村先生、ベートーヴェン晩年の大作「ディアベリの主題による三三の変奏曲ハ長調　作品一二〇」を弾いて、これが大変に素晴しかったことを記憶している。

その頃の音研の主流はピアノで、中には千秋（次郎）さんのようにずっと作曲を続けて来た人も居り、後には歌手も入って来たけれど、他は皆ピアニストばかりであった。そして、名演奏から迷演奏まで、また練習から発表会に至るまで種々聴いて来たけれど、中でも良かったのは渡辺（和雄）さんのバッハ「イギリス組曲第三番」と井狩（弥助）君のモーツァルト「イ短調ソナタK三一〇」。忘れられない。冬の夕暮れ、寒いボックスで、よく渡辺さんの奏するバッハに耳を傾けていたものだった。往年の名ピアニスト、ディヌ・リパッティの弾くバッハ「パルティータ第一番」は余りに透明すぎて感心しないと言っていて、また時にはオルガンを弾いていたけれど、あの頃が渡辺さん、一番ピアノに打ち込んでいた頃で、『音研』に何か原稿を、と催促しても、

「俺の言いたいことはピアノから聞き取ってくれ」と言って、とうとう何も書かなかった。

そうした雰囲気の中にあって私も、少しでも上達しようと、毎日のようにピアノにかじりつき、この曲弾けるようになったら試験一つ落ちてもいい、などと本気に思って、毎週のレッスンも欠かさずに続けていた。金内先生は大変にやさしい先生で、「よく出来ました」と言ってはホメてくれるものだから、どうかするとついうっかり、かの有名な松田（藤夫）先輩ではないが「俺はホメられどおしや」とうぬぼれてしまいがちなのだけれど、しかしこれは、本人に即して「よく出来ました」なのであって、客観的に見て「よく出来ました」かどうかはまた別の問題なのだった。

ともかく先生に励まされ、励まされ、ぽつぽつピアノの面白さといったようなものに憑かれ始めた頃のこと、（一九五九年）九月の末に伊勢湾台風が近づいたことがあった。この晩は丁度私のレッスンに当っていて、京都でも風と雨が相当激しかったけれど、私は「雨が降ろうが槍が降ろうが、ピアノだけは続けます」などと随分偉そうなことを公言していた手前、休むわけにはいかない。ズボンの裾をびっしょり濡らしながら、ドシャ降りの中を先生の家の玄関まで来てみて驚いた。雨戸をガッチリ閉めて、完全武装である。仕方なしに雨戸をドンドン叩くと、やがてガタガタ戸を開けて中から「あらあら、まあまあ」と言いながら、先生が現われた。いつもの通りレッスンを受けているうちに台風は次第に静かになり、帰る頃にはもう雨も風も大分おさまっていた。東一条の大通りには、木の葉や小枝があちこちに飛び散っていて、時々思い出したように強い風が吹いて来る。すると大学構内や吉田分校の木々がいっせいにざわめく。時計台が雨に濡れてキラキラと、きれいだった。この頃の、こんな情景の一コマ一コマが、今も髣髴として眼前に浮かんで来る。

音研の人びと

明けて昭和三五年という年は、例の〝安保の年〟であり、この時は夢中で、まるでもう何が何だか分らなかったけれど、ともかく不思議な一年で、今考えてみても分らないことばかりである。この年はまた、音研創立一〇周年の年であった。

夏になって、一年上の多賀（直恒）君と一緒に、浜中リーダーに連れられて北アルプスへ行った。富山県の泊から入って朝日岳―白馬岳―祖母谷―宇奈月のコースで、テントをかついで五日間かかった。次の年は同じメンバーで、富山―立山―劔岳―池ノ平―宇奈月に行き、更に次の年には浜中さんと二人で大町―針ノ木―五色ヶ原―立山温泉のコースを歩いた。それまで私は、ホーム・グラウンドの八ケ岳を何度か歩いた程度で、それも小屋泊まりで二日位で歩いてしまうものので、テントをかついで行く本式の（？）山登りは、いわば浜中さんにコーチされたようなものである。例えば、スプーンはいつでもどこでもすぐ使えるように、上衣のポケットに入れておくこと、食事が終ったら、きれいにナメてまた入れておくこと、という作法だとか、簡単でうまい料理の作り方など、様々のことを多賀君と二人で実地に指導を受けたのである。お陰で、初めのうちは汚らしくてとても真似できないような作法も、二度、三度と北アルプス行きが重なるにつれて、平気になってしまったのだから、習慣というものは恐ろしいものである。

最初の登山の時のこと、前半は丁度台風が九州に接近中とかで雨に降られ、随分みじめな思いをしながら、朝日岳のふもとにテントを張った。明朝は早いうちに行動を起す方が良いという訳で、浜中さんから「あしたの朝、三時から四時の間に目が覚めたら起してくれ」という指令が出る。三人共寝てしまって、どの位経った頃か、多賀君が突然「起きろ、起きろ」と言うので、眠たい目をこすりながら、モゾモゾ懐中電灯を取り出して時計を見ると、まさに三時丁度。この時浜中リーダー、

「バカ、こんなに早く起す奴があるか、三時から四時の間というのは、三時を過ぎてもうすぐ四時になろうという時のことを言うんや。三時ジャストのことではあらへん」

と言うなり、またシュラーフの中にもぐり込んでしまった。解釈の違いはあっても、ともかく約束を守って、その上おこられた多賀君、何やらブツブツ言って少しく機嫌を損ねたことは言うまでもない。

その頃の音研ボックスでの一コマ。夕方、浜中さんやその他二、三人と一緒にボックスに居ると、グランドピアノの方から聞き慣れない曲が聞えて来るので、行ってみると芦津さんが弾いている。ヤレ珍しや、芦津さんがピアノ弾いとる、という訳で、ワイワイと皆で取り囲んでしまっ

た。この日芦津さんは、どうしてもピアノが弾きたくて、大分長いこと待っていて、ようやく譲って貰って練習し始めたとたん、運悪く我々につかまってしまった。皆んなで話をしているうちに、いつの間にか、浜中さんが芦津さんを押しのけてピアノを占領していて、何くわぬ顔をしてバッハを弾いているのである。芦津さんは横の方に居て、私が、

「芦津さん、初見出来ますか?」と聞くと、

「いや出来ん。初見はあかんなあ。特にまわりにこうやって人が居ると全然あかん」と言ったかと思うと、やにわに浜中さんを指さして、

「こいつらみたいに厚かましい奴は、人がまわりに居ると、よけいうまく弾きよるからかなわん」と言う。この時浜中さんは少しもあわてず、

「ワシはドイツ語の単位は全部取ってあるし、何を言われても、こわいものは一つもあらへん」と言って、相変らず何食わぬ顔をしてバッハを弾いていた。

あるリサイタルの帰りに、ドイツ文学の佐野(利勝)先生、芦津さん、木村さん御夫妻、薗田さん御夫妻と一緒に喫茶店に入った。以下はその時の会話である。

佐野先生「お釈迦様というのは偉かったんだねえ」

芦津「ハア、そうですか」(念のために断っておくが、「ハア、そうですか」と答えた人は、正真正銘、真宗のお坊さんなのである)

佐野「こいつは坊主のくせに何にも知らん。だいたい日本の坊主はみんな馬鹿や。お経の意味も知らんと読んどる」

芦津「大抵そんなもんやろう」

佐野「この間、ぼくが芦津君に、仏像の種類を偉い順に並べたらどうなるんや、て聞いたら答えられんかった」

芦津「今は知ってるよ」（と、如来、菩薩、何とか、何とかと全部で一〇程並べ終ると、ここで芦津法師得意になって、今度は木村さんに向って曰く）「どうや木村、ぼくの方がちょっとはよけい知ってるやろ。たまにはぼくの下宿に話を聞きに来いよ」

金内先生の話――松田さんていう方は、手が大きくてゴツゴツしているものですから、レッスンの前には必ずお風呂に入って、その帰りにここに寄って「ぼく、風呂に入って手を柔らかくして来ました」と言っては、ふやけた手でピアノを弾いて居られました。いつだったかあの方がレッスンに見えた時、その前に来ていた中学生の女の子のレッスンがまだ終らないのに、「俺の時間だからどけ」と言って、その女の子を追い返したこともありました。ショパンの幻想即興曲でしたか、ラフマニノフのプレリュードでしたか、また大変に難しい曲を持って来て、「今度、ぼく、この曲をやります」とおっしゃるので、私がそれはあなたには難し過ぎて無理だからおやめなさい、と言っても「いいえ、ぼくはどうしてもこれをやります」と言ってききませんでした。

松田さんがショパンの「小犬のワルツ」をされた時は、芦津さんがからかって「松田のは小犬のワルツで無うて、ゴリラの踊りや」なんて、まあ、悪口を言うて居られました。それにあの方、ピアノを弾いている時、口を何だかゴモゴモ動かす癖があって、それで、また芦津さんから、「松田は口だけはよう動くが、手がちっとも動かんなあ」って悪口言われたり。本当にあの頃は面白い方が居りました。

松田（藤夫）さんというのは、木村さん達と同年代の、つまり第一期音研草創期の先輩であって、その名は我々もよく耳にしていた。何でも、誰かがピアノを弾いていると「下手なのはよせ」と言って、その人を押しのけて自らピアノを占領してしまったとか、「俺は天下一や」と思っていたとか、新徳館で一晩寝て翌朝のピアノの順番を確保したとか、ラフマニノフの曲を初めから終りまでペダルを踏みっぱなしで弾いたとか、ともかくこの人くらい伝説めいたエピソードを残していった先輩はいない。しかし、長い間アメリカに行っていて、我々の年代の者もその名を聞くばかりで、一度もお目にかかったことはない。従って、京都から久しく離れている為に、色々の都合の悪いことは皆、あれも松田や、これも松田や、という具合に松田さんの所為にされてしまった趣きが、無きにしもあらずであろうと、推測されるのである。

第一、音研創立当時、松田さんだけが「天下一や」と思っていた訳ではないので、芦津さんにしても、その頃、ピアノを弾きながら、ふと、「俺はなんでこんなにうまいんやろう」と不思議に思い、挙句の果に「ピアニストになってやろうか」と考えたこともあったというのだから、人のことばかりは言えない。何でも芦津さんは、ピアノを始めて二年でベートーヴェンの「熱情ソナタへ短調　作品五七」全曲を弾いたという伝説の持主であり、往年の全盛期にはかなり高度のテクニックを持っていたに違いない、ということを認めたとしても、尚それでも、どうしても芦津さんがピアニストにならなければ当時の日本の音楽界の恰好がつかない、という程のものであったかどうか、その辺のところは甚だ疑問に思われるのである。それでいて、他人の評価になると、これまた頗る辛い。いつであったか、木村さんが卒業演奏会でバッハ（マイラ・ヘス編曲）の「主よ、人の望みの喜びよ」を弾いたことがあって、私は大変に良かったと思ったのでそう言ったら、芦津さんは、

「あかん、あかん、あんなの全然あかん。木村は手が固うて固うて、それに我流やからなっとらん」と酷評したものである。

　だいたい音研の先輩は皆口が悪いけれど、中でも芦津さんが一等悪い。芦津さんがドイツ留学から帰国されて二、三ヶ月経って、二年ぶりにお目にかかった時（当時、入れかわりに木村さんと原田さんがミュンヘンに留学中であった）開口一番言うことに、

「木村はドイツへ行っても偉そうなことばかり言うてるけど、ドイツ語がなっとらん。（口をすぼめて）ギューテ・ナハトやて。単語はよう出てくるけど、発音があかん。原田は発音はええけど、ウウウ……ちゅうてるだけで、単語がちっとも出て来ん」

木村御大の批評が手厳しいのは昔からのことだそうで、いや昔はもっとずっと厳しかったのだそうで、近年次第に甘くなりつつあるというのが定説であるが、とにかく、非常にレベルの高い人に対して特に厳しい。後に川隅さんの如き名手が音研に入って来た時も、色々と文句をつけて酷評していた。反対に、ニコニコして「なかなか良かったですぜ。ちゃんと弾いとったもん」てな具合に、木村さんにホメられるようでは、まず望みはないと思って差支えない。はっきり言って、木村さんにホメられるうちはまだダメで、木村さんが悪口を言いたくなるような、その位の程度にならないと本当でない、ということになるだろう。

その昔、木村さんが音研をやめるというので大騒ぎになったことがあったのだそうである。このことについては、以前、薗田さんの「音研切抜帳」で面白く読んだことがある。中には、「何だい、藪から棒に人をどやしつけるようなことを言うて、まだ頭の三分の一位しか禿げていない癖に」と言って抗議した人もいたそうである。しかし、木村さんの意志が固く、とうとう正式に脱退してしまった。ところが、しばらく経ったある日、当の木村さんがボックスでピアノを弾いていたというのである。この時のことについて、後に芦津さんは、

「木村が音研をやめて少し経ってボックスへ行ってみたら、そしたら木村、（首をちぢめて）こんな恰好してピアノ弾いとった。丁度家を追い出された女房が、裏からこっそり入って来て飯を

食っているような恰好や」
と評しているけれど、本当に、何とも口の悪い、呆れたお坊さんであります。ともかく、そういう訳で、木村さんの、あの、首を少しかしげて手をふるわせながら弾く独特の演奏を、以後もずっと聴くことが出来るようになったという次第である。

後に東京に来て三井（清人）先輩に聞いたところによれば、木村さんのピアノにはビブラートがかかっているのだそうで、なるほどそう言われて見れば、こう、何というのか、ゆっくりした曲の時など一音一音確かめるように両手をふるわせながら弾く、あの音の響きには、何とも言えないものが感じられる。それがピアノのビブラートである、というのが三井さんの説である。

木村さんはその昔、木村天皇とか木村内閣総理大臣などと呼ばれて音研会員から畏れられていたということで、名実共にワンマンぶりを発揮していたのだそうであるが、それだけにまた、音研自体の性格に多大の影響を及ぼして来た訳である。早い話が、音研一〇年の歴史とは「木村氏的性格の濃厚なる音研」の発展と没落の歴史であったといってよいだろう。そして丁度創立一〇周年前後の年は、いわば「木村的音研」の行き詰りが表面化して新しい脱皮の要請された時期であり、その頃さまざまな形で提出され、我々が悩まされた問題というのは、皆この音研の性格自体に内在していたものであったとも考えられるのである。この意味に於て、昔と今とを問わず、音研の問題に関する限り、その責任の半分は木村さんにあると言っても過言ではないだろう。

いずれにしても、木村さんを離れて音研を論ずることは出来ず、また、音研を離れて木村さんを論ずることは不可能である。以前の『音研』で「木村敏論」（誰が書いたものであったか忘れてしまった）という評論を読んだことがあったが、その結びは「あと何十年か経った後、大音楽家木村敏氏があるか、人類の恩人木村博士があるか、或いは、一精神分裂症患者木村敏氏があるか、それは神のみぞ知る」といった内容のものであったと記憶している。これは医学部学生時代の木村さんについての論評であって、大変に面白かったけれど、これが書かれてから既に一〇年経った今日、再び、新しい観点から「続木村敏論」が書かれねばならないのではないか、と思うのである。

比叡山

私は一度比叡山に登ったことがある。卒業間際になってあわてて、下駄をはいたまま登ったのである。京大に入ったばかりの頃、私は、比叡山なんて、展望台だのケーブルカーだの鳴物入りの騒々しいキザな山、あんな山におかしくって登れるかい、と意地になって軽蔑していて、以後四年間、登ってみたいと思ったこともなければ、ゆっくり眺めたこともなかった。それでも、いよいよ京都を追い出される身になってみると、やっぱり一度位は登っておかないと恰好が悪いや、ということになって、そそくさと、ともかく下駄をはいたまま頂上迄歩いてみたのである。いわば京都の見納めである。唯それだけである。しかし、何の変哲もないこの平凡な山も、たった一度だけ、本当に良かったと思ったことがあった。

「だいたい医者と教師ほどつまらん人間は居らん。ぼくも長年教師をやっているし、また医者にもよう知った人が居るが、ほんとうにつまらん人ばっかりですねえ、ハハハ……」

佐野利勝先生の講義を一度聞いておきたいと思って、他のドイツ語のクラスに紛れ込んだ時の、これは、その授業中の先生のお話である。音研の先輩方とは昔から縁が深くて、音研の音楽会にも時々現われては、後の方で黙然として聴いて居られる。『音研』にも何度か原稿を寄せて頂いた。柳月堂でお目にかかることもあれば、どうかすると、下駄ばきの姿を見かけることもある。

初めてその名を知ったのは、芦津さんに勧められて読んだマックス・ピカートの訳本（『騒音とアトム化の世界』みすず書房）によってである。一度ゆっくりお話を伺いたいと思っていた。

卒業式の前の晩、修学院のお宅に伺い、こたつにあたって、ポツリポツリと先生の話されたことは、現在は学問も何もかもすべてが細分化し、生命との連関が無くなって凋落の運命を辿っていること。音楽家でもそうで、一九世紀的人物、例えばカザルスのようなスケールの大きな人物がいなくなったこと。単に自然科学のある一分野だけが戦争に利用され得る、というようなものではなく、人間の知性そのものが戦争行為に役立つものであること。更に、哲学者が真実の道は何かと求め求めて、遂に至るところは、案外、田夫野人の生活であった、ということになるかもしれないねえ、といったような内容のことであったと記憶している。

ともかく不安だった。てんで自信なんてなかったのである。卒業して社会に出るということの意味、即ち、資本主義社会のこの巨大なメカニズムの中の一つの歯車になるということの意味も分ってはいなかった。第一、自然科学に対する信頼感があやしくなってきているのだから、足元からして既にぐらついている。

「家庭というものは非常に重要だから、早くいい奥さんを見つけなさい」と佐野先生に言われて、「ハア、そうですか」と分ったような分らないような、要領を得ない返事をして、見送られて出ると、外は明るい月夜だった。先生が家の前の道迄出て、そこに立ったままずっと見送って下さるのを、何度も何度も振り返りながら別れた。しばらく来て、ふと振り返ってみれば、比叡山、黙々として静かに立っている。中腹に一片の雲がかかっていて、満月をやや過ぎたばかりの月に白く映し出されていた。寒い晩だった。あの時の比叡山。あれはよかった。あんなに静かで、落着いて、頼もしい比叡山は初めてだった。本当にいいと心からそう思った。

比叡山、さようなら。京大、時計台、音研、ボロピアノ、みんな、みんな、お世話になりました。先生方、音研の皆様、ごきげんよう。

それから一週間後、私は、この途方もない喧騒の地、東京にやって来た。（以上、一九六四・一二）

断片・補遺・エピローグ

音研に入った動機は何か、というアンケートの問いに対して、「オンガクをケンキュウするため」と答えたのは確か西谷（敏子）さんであったように記憶しているが、こういうすぐれて皮肉な人にとっては、音楽研究会などという、しかつめらしい名称そのものが、既に滑稽に思えたに違いない。しかし、いったんこの中に入ってみると、案外、窮屈でも何でもなく「ぬるま湯のようなところ」であり、ケンキュウも何もしなくても大きな顔をしていることが出来たし、こうして京都を離れて何年にもなるのに未だに忘れもしないのだから、全くもって音研とは不思議なところである。

　ピアノの金内先生の語るところによれば、誰だか知らないけれど、ある先輩はその昔、音研の一女性の手を引いて先生の前に現われ、
「これ、ぼくの妹です」と言ってすましていたのだそうである。
　ことほどさように、音研には昔から麗しくも聡明な女性が大勢いて数々のロマンスの花が咲いて来た訳である。しかし、私にとって、多くの情操豊かで知的な女性は、遂に憧れ的存在にしか過ぎなかったようである。ヘルマン・ヘッセのペーテル・カーメンツィントは、「恋愛のことを語るとなると——この点で私は生涯、少年の域を脱しなかった」と告白しているが、私も同様の状態を未だに脱し切っていないのかもしれない。とりわけ、音研の女性のことを語るとなると——。

　同期の森（絢子）さんは、その素晴しいピアノ演奏によって既に宇治分校時代から有名であっ

た。我々が吉田に来てからは、彼女がボックスに現われると、あれを弾いてくれ、これをちょっと、などと言っては色んな曲を(恐らくは半ばむりやりに)弾いて貰ったりしていた。初見がすごくよくきくのである。その頃、芦津さんから、彼女が旧制三高の有名な森外三郎校長の孫娘である、と聞かされたが、なるほどそう言われてみると、森さんの立居振舞というものは、俗人離れしたところがあって、どことなく気品がある。決して一般の人を見下しているのではないし、彼女自身、よく学生運動に参加し、我々と一緒にほこりにまみれてデモに行ったりしたものである。しかし、こだわりのない日常の振舞いの中に、私はやはり貴族的なものを見ていた。

藤村るり子先生のリサイタルが終って、皆んなで記念写真を撮ることになった時のことである。森さんは、一番目の列のほぼ真中の椅子のところに来て、

「るり子先生はここ? じゃあ、わたし、ここ」と言うなり、藤村先生のすぐ横の席に、何のこだわりもなく、本当に天真爛漫に坐ったものである。時の総務、大串君などは大変に憤慨していたようであるが、勝負はもう初めから明らかであった。少々短気な彼の憤然とした顔付と、森さんの晴れ晴れとした澄んだ眼差しとが、実に対照的であったことを憶えている。

ある寒い冬の夕方、森さんの弾くピアノを何人かで取り囲んでいた。私はその時ボックスの中にいた。以下は升山(俊昭)君から聞いた話である。森さんは、ふとピアノを弾く手を休めて両手をこすり、「ああ、冷たい」と言ったかと思うと、その冷たい両の掌を、すぐ横にいた升山君の両手にのせて言った。

「わたしの手、こんなに冷たい、ほら」。そこで彼の方が恥ずかしくなって顔を赤らめ、ボックスの中に逃げ込んで来たという次第である。
太宰治の『津軽』の中に、こんな一節がある。

「フランス革命の際、暴徒たちが王の居室にまで乱入したが、その時、フランス国王ルイ十六世、暗愚なりと雖も、からから笑って矢庭に暴徒のひとりから革命帽を奪いとり、自分でそれをひょいとかぶって、フランス万歳、と叫んだ。血に飢えたる暴徒たちも、この天衣無縫の不思議な気品に打たれて、思わず王と共に、フランス万歳を絶叫し、王の身体には一指も触れずにおとなしく王の居室から退去したのである。まことの貴族には、このような無邪気なつくろわぬ気品があるものだ。」

本当に、まことの貴族とは、このようなものであるに違いない。京都の伝統的雰囲気の中で育った森さんの中に、貴族を感じるのも、あながち私ひとりではないだろう。かつて彼女の弾いたシューマンの「トロイメライ」やベートーヴェンのホ短調ソナタ（作品九〇）の、詩情豊かな演奏をも、私は忘れはしないのである。

原（千代子）さんとは、宇治のピアノ同好会以来のクサレ縁（？）が続いた訳であるが、この聡明なる原さんにして、どこでどう勘違いしたものか、私のことをサボリの名人で朝寝坊で怠け者だと信じて疑わなかったのだから、誠にけしからぬ話である。ある時、私が何気なく、

「原さん、勉強して下さいよ」と言ったところ、

「はあ？　宮澤さんのようなおサボリの名人がそんなこと言わはるんでは、わたしはよっぽど怠けているように見えるんやね。ショックやわ」

こんなことを原さんは言うのである。そこで、かえって私の方がショックを受けることになったのである。私がどんなにマジメな学生であるかを、その後何度か立証した筈であるのに、彼女の方ではてんで信用しなかった。

いつ頃のことか、何でもまだ強い日ざしの照りつける午後のことだった。時計台のすぐ前の構内で、これからボックスに行こうと思っているところを、丁度反対に、正門から入って来る原さんに出会った。

「ははあ、やっぱり講義サボってるんやな？」

とか言って、私も援軍を得たような気になり、そこで立話をし始めた。小手をかざして強い日ざしをよけながら、例によってにこやかに応対していた原さん、しばらくすると急にまじめな顔付になって、じっと私の眼を見つめ、

「あの、わたし……」

と、ここまで書いてくると、これからどうなることか心配する向きもあるであろうが、なかな

かどうして、現実は厳しいのである。次の瞬間、「宮澤さんの顔見ているうちに、急に講義に出とうなった」と言うなり、クルリと廻って、まっすぐ医学部の教室目指してスタスタ歩いていってしまった。あの時は呆れた。

毎年、春になって桜が咲き、やがて散り、葉桜になる頃、新入会員を迎えて賑やかになった音研では、いつもきまってハイキングをする習わしになっている。私が三回生になったばかりの安保の年のことになる。この年は大原から寂光院、金比羅山を経て静原に抜けるコースを歩いたように記憶しているが、長老格の藤堂（彰男）さんが手拭を頭に巻きつけ、海賊トードーよろしく、一行の先頭に立って爽快と歩いたものである。

夕方になって出町柳に戻ると、女性の面々には早々にお引取り願って、我々男性軍だけで四条のネオンの下に出かけ、ビールで乾杯して気勢をあげた。酔いが過るほどに、議論百出、話に花が咲いて尽きるところを知らなかったが、やがて勢いに乗じて、音研の女性の品定めと相成った。中でも、足立（昇）君の簡にして要を得た独特の女性論に、一同共鳴して喝采し、遂には藤堂氏と足立君とが握手をして、何やら共同戦線を張るまでに至ったのである。『源氏物語』の、かの有名な雨の夜の品定めならいざ知らず、現代の品定めとは如何なるものならん、と人は少しく興味を抱き、私がその内容について少しは報告してくれるものと期待するであろう。ところが期待に反して、私は一言だって書きはしないのである。

いずれにしても、この日のビール程、愉快でおいしかったことはなかった。その場に居合せた程の人なら誰だってそう感じたろうし、今でも、あの四条のビヤホールを懐しく思い出しているに違いない。

その他色々なことがあった。京都で聴いた数々の演奏会も忘れ難い。東京に出て来てからも、音楽会には度々行ってはいるのだけれど、どういうものかすぐに忘れてしまう。かえって、何年も前に京都で聴いた時の印象の方が鮮かに残っている。ルドルフ・ゼルキンが京都市交響楽団(京響)と共にベートーヴェンの変ホ調コンツェルト(皇帝)を弾いた時、ゆでダコのように真っ赤になって熱演したこと。イェルク・デムスの歯切れのよい、実に気持のよいバッハを聴いた時、帰りに出口のところで木村さんに会ったので、私が一言、「よかったですね」と言うと、木村さんは、「そりゃ、うまいことはうまいですけどねえ……」と、やっぱり何やら言いたそうな顔をしていたこと。その他、パウル・バドゥラ・スコダのベートーヴェン最後のピアノ・ソナタ「ハ短調 作品一一一」、パブロ・カザルスの指揮による平井丈一郎・京響のドヴォルザーク「チェロ協奏曲」、小林道夫氏の伴奏でゲルハルト・ヒッシュのバリトンによるシューベルト「冬の旅」、モーツァルトのオペラ「ドン・ジョヴァンニ」を初めて見た時のこと。また、先輩の原田さん、野口さん、千秋さんによる音研創立一〇周年記念演奏会の晩のことなど、まるで昨日のことのように思い出される。

東京に出て来てからも、色んなことがあり、多くの方々にお世話になって来た。以前京響でフルートを吹いていたという山口（昇）さんは、今は東京のさる女子医大で本来の専門の研究に没頭している訳であるが、うら若き女性に、時々「アーラ先生」などと肩を叩かれたりするものだから女子大はやめられない、などと聞かされている。こんなことを書くと怒られるかもしれないけれど、ずっと東京ＯＢ会の幹事を勤めて来た三井（清人）さんは、少しく色が黒い方である。それかあらぬか、先年山口さんが渡米した際、あるところでトーテムを見たとたんに三井さんの顔を思い出した、という話が伝わっている。ところで三井さんは、声楽はおろか、ヴァイオリンも弾けばピアノも弾く。エレクトーン奏法も正式にマスターしたのだそうで、最近はコントラバスを始めたらしい。その上、医学や美学にも並々ならぬ関心を抱いているのだから、三井氏の多才ぶりには、唯ただ驚くばかりである。

先日、野口（喜久子）さんは、我々チョンガーだけを呼んでごちそうしてくれた。野口さんの説によれば、女性の独身者は、ドイツ語式にチョンゲリンというのだそうである。そのいわばプリマ・ドンナ的存在だった野口さんが、突然、京都へ飛んで帰ってしまったものだから、東京支部もさすがに淋しくなった。近々花嫁さんになる由にて、本当におめでたいことである。何年も前に音研ボックスで顔をあわせたきり、とんと消息不明であった人に、電車やバスの中でひょっこり出会ったり、山の頂上で出くわしたりする。こんなことがこれからも続くだろう。こうして、一年また一年と過ぎて行く。

＊

最近、音研という言葉が念頭に浮かぶ度に、それが一種不思議な余韻を伴って胸の中に反響するようになって来た。時折、道を歩いている時など、よく近くの家からピアノの音が聞えて来ることがある。それはバイエルであったりソナチネであったり、或いはモーツァルトであったりベートーヴェンであったりする。そんな時私は、一瞬音研のことを思い出す。グランドピアノや古いアップライトピアノや雑然としたボックスと、そして、そこにせっせと通いつめていた多くの人々の面影を思い出す。ああ、あの曲は誰それの弾いた曲、この曲はいつ頃自分の手がけた曲、とそんなことまでが、その頃のボックスの情景と共にはっきりと浮かんで来る。それは、きのうのことのようでもあり、同時に、遠い昔のことのようにも思われる。ピアノに限らず歌曲であれ何であれ、一曲一曲が、それに取り組んだ人のイメージと結びつき重なりあって、不思議な親しみの念を呼び起すのである。

以前薗田（宗人）さんが、「音研ピアノ史」（『音研』第七号）の中で、「何故か音研で弾いたピアノの味と、色々なシーンは、特別な額縁に入れられた童話の世界のようだ」と書いて居られるが、過去の世界に属し始めた音研生活そのものが、既に一つのメルヘンであるのかもしれない。

勿論、こんな思い出なんか一時の感傷に過ぎない、と思う人もいるだろう。しかし、どんなに拙いものであれ、どんなに自己流の音楽であれ、皆んながそれぞれ自分のうたを創り出そうとひたすら努めたことそれ自体は、涙ぐましくも尊いものには違いない。事実また、音研の中で聞いた色んな人の演奏からは、どんな名演奏家も及ばない程の感銘を受けたし、ましてや自分が全神経を投入して練習し、次第に曲の形が出来上って行く時には、何とも言えない快い喜びと陶酔感に浸ったものである。だから、一〇有余年にわたって多くの人の執念のしみ込んだあの古ぼけたピアノの魅力には、どんなに立派なグランドピアノも及ばないだろうし、一曲の完成のために寝食を忘れて熱中した程の人なら、芦津先輩ならずとも、時には、「俺は何でこんなにうまいんやろう」と、首をひねったことだってあったであろう。今も吉田の一角では、あの伝統あるピアノが鳴っているだろうし、誰かがバッハやモーツァルトを弾き、誰かがシューベルトを歌い、時には合唱が聞えてくるに違いない。

京都は次第に遠ざかって行く。しかし、音研時代の思い出は、様々の出来事や、そこで交わった多くの人々の面影をも含めて、今も私の胸裡に生き生きと生きている。それは、いわば特別な額縁に入った一枚の絵のように、何物にもかえ難い純粋なものとして、いつまでも残るに違いない。そうして、名誉も地位も富も、この世のどんなに価値あるものも、この「一枚の絵」――音楽と共にあった青春の日々――には遠く及ばないだろう。

（一九六六・四）

II

ストラスブール随想

昨年（一九八九年）の夏、フランスのストラスブールに於て第二回国際宇宙大学（International Space University＝ＩＳＵ）夏期講座が開かれ、私はそこで講義する機会を得て、七月初め、この地に三日間滞在した。

夏期講座の開かれているルイ・パストゥール大学は、ストラスブールの旧市街をとりまくイル川の橋を渡り、舗道に沿って歩くこと数分、静かな住宅地に隣接したところにある。

その日、ＩＳＵ事務局が陣取るキャンパスの一角を訪れ、この静かなヨーロッパの中心地にアメリカの大学の生活様式がそのまま持ち込まれている様子を見て、私は一種不思議な感慨を抱いていた。

案内された一室には、アメリカから直接運び込んだ四〇台前後のパーソナル・コンピュータが並べられ、電圧を変換して使用している。ボストンから来たスタッフを中心とする青年たちが元気にとび廻っており、また垣間見た講義では、講師の話の途中に矢つぎ早に質問が発せられ、それが活発な議論に至るBrainstorming的展開が見られる。気をつけてみると、コトバもアメリカ英語が幅をきかせている。掲示板のメッセージに曰く、「講義の途中で質問するのは止めよう。騒々しい上に講師及び学生の思索を妨げるから。もっと静かに聴こう。質問はクラスの終りにまとめてすればよいのだ」と。この控え目な要求は、しかし、全く聞き入れられなかったようだ。

翌日に控えた私の講義の打合わせが終わった後、居合わせた講師やスタッフ数人とともに近くの小さなレストランで昼食を共にした。話題が「宇宙」の話からビール談義に移るや、ESA（European Space Agency＝ヨーロッパ宇宙機関）の科学者でベルギー人の専任講師が曰く。「ヨーロッパにはうまいビールをつくる国が二つだけある。ドイツとベルギーである」。私が「ハイネッケン・ビールは日本でも評判が良く、私もよく飲んでいるが、これはオランダ産であると理解しているのだが」と追及したところ、この先生、済ました顔で「我々はあれをビールとは呼ばない」と言ったものだ。

私の講義は日本の宇宙開発全般の紹介で、当日は、学生のほか、居合わせた二人のISU創立者および宇宙政策が専門のログズドン教授（Prof. Logsdon ジョージ・ワシントン大学）ほかの専任講師の方々にも聴講して貰うことができた。

クラスはアメリカ・スタイルに相応しく、途中で次から次へと質問とコメントが相次ぎ、私自身、オープンでリラックスした雰囲気の中で講義を楽しむことが出来た。

創立者主催のディナー・パーティ終了後、日本からの参加学生諸君及び三、四人のカナダ人と一緒に街に出て、彼らが毎晩そうしているように、旧市街の中心にあるノートルダム大聖堂まで散歩した。明るい照明の光に浮かび上る夜の大聖堂を見上げながら、皆んなで大いにビールとワインを飲んで色々な議論をした。

ストラスブールはアルザス地方の代表的都市で、すぐ近くを流れるライン川の向こうはドイツ領である。過去、アルザス地方はロレーヌ地方とともに、戦争の波にもまれ、ドイツ領になったりフランス領になったりした歴史をもつ。現在は地理的・文化的にヨーロッパの中心としての役割を担う中規模（人口約四〇万人）の都市で、ここにヨーロッパ議会が置かれている。

国境の街の宿命として、ここではフランス語とドイツ語が日常生活に用いられている。話がいわゆる“Bilingual”（バイリンガル、二言語併用）に及んだとき、ケベック出身で自信家のカナダ人講師が、傍らの若き自国学生を指して「この男のしゃべる英語にはフランス語訛りがあり、彼のフランス語には英語訛りがあるんだ」と言う。母国語はどちらなのだろうと思って尋ねると、英語とフランス語の両方であるという。

私は、この「二言語母国語説」に反対である。因みに、アルベルト・シュヴァイツァー博士はアルザス地方生まれ（そのときはドイツ領だった）で、子供の時からドイツ語とフランス語をほぼ同時に使っていた。両親に宛てた手紙はフランス語で書いていたという。にも拘わらず、博士の母国語は唯一つ、ドイツ語であった。彼が大著『バッハ研究』（邦訳『バッハ』全三巻、シュバイツァー著作集、白水社）を著したとき、初めはフランス語版を出版したのであるが、このとき、文章表現のニュアンスで並々ならぬ苦心をし、〝フランス人〟に草稿を見て貰って教示を受けたという。そうした自身の経験からシュヴァイツァー博士は、人間の母国語は唯一つしかあり得ないと断定している。

丁度一世紀近く前、シュヴァイツァー博士は若き日をストラスブールで過し、神学、哲学および医学を学んだ上に、『バッハ研究』を当地で完成した。

眼の前にそびえ立つ一四二メートルの大聖堂は、一一世紀から一五世紀にかけて作られた荘厳なゴシック建築であるが、奇妙なことに、通常双塔であるべき尖塔がひとつしかない。この地方の土地が沖積層で、双塔にすると重くて倒れる危険性があるため、一塔だけで取りやめたのだという（これは、後に、アリアンスペース社日本代表のクロードン氏に教示頂いたことである）。

夜も更けてきたが、大聖堂前のあちらこちらにはISUの講師・スタッフ・学生が大勢来ており、静かな街で夏の夜を陽気に過ごしていた。中に、老教授の風格をもつログズドン先生が赤いTシャツなど着て、若者たちと一緒に路上のテーブルを囲んで、ビールのグラス片手に談笑する姿も見られた。

翌朝、私は急行列車に乗ってパリに出て、パリ祭の準備で慌ただしい市街を横目で眺めながら帰国の途についた。

（一九九〇・六）

近代ロケット伝来考

（以下の一文は、Ｈ‐Ｉロケット計画が終了した一九九二年二月の時点で、筆者が当時の宇宙開発事業団（ＮＡＳＤＡ）の広報誌に掲載したものである。当時、Ｈ‐Ⅱロケットの開発が難航し、開発上のトラブルが続いていたときにあたるが、その頃の一開発当事者のメモである。Ｈ‐Ｉロケット計画の終了とは、Ｎ‐Ｉ、Ｎ‐Ⅱ、Ｈ‐Ｉの三代にわたる技術導入型実用ロケットの開発・運用の幕引きである。わが国宇宙開発史における一つの時代の終りであった。）

初めに

「ふよう一号」の打上げにより、Ｎ‐Ｉに始まりＨ‐Ｉに至る宇宙開発事業団の実用ロケットの開発計画はほぼ完璧に近い記録を残して終了した。去る（一九九二年）二月一一日の打上げは、単にＨ‐Ｉロケット九機目の打上げであるだけでなく、Ｎ‐Ｉロケット初号機から数えて二四機目の、そして「技術導入型ロケット」の最後を飾るイベントであった。

ローマは一日にして成らず。実用ロケットのこの優れた実績は、しかし、一朝一夕に得られたものではなく、ここに至る迄の道もまた、はた目に映るほど平坦であった訳ではない。日本のロケット開発という側面に限って考えるとき、今、一つの時代が終わった、ということができる。同時にそれは、新しい時代の始まりでもある。

アメリカの技術、日本の技術

日本の実用ロケットの開発は「Qロケット」をもって嚆矢《こうし》とする。ところが、宇宙開発事業団創立一年後の一九七〇年一〇月一日、Qロケット計画が中止され、代わって〝新しいN計画〟(N-I計画)がスタートした。Qロケットは自主開発による固体ロケット中心の四段式ロケットであるが、N-Iロケットは、アメリカNASAのデルタ・ロケット技術を導入することによって成り立つ液体ロケット中心の三段式ロケットである。Q(自主開発)からN(技術導入)への大きな方針変更であり、これは、その後のわが国の宇宙開発に対して、決定的に重要な役割を果たすことになった。

その頃、海外の動向を背景に、日本の実用衛星利用者は早期の静止衛星【注】打上げを要求していた。ところが当時、わが国のロケット技術は、この要求に確実に応え得るレベルに達していなかった。特に、大型実用ロケットに不可欠な液体ロケット技術及び高精度の誘導制御技術が日本にはなく、先進国との格差が著しかった。

一方、ロケット技術を中心とする広範な宇宙技術の移転に関する日米政府間の合意(一九六九年七月三一日付交換公文）により、日本側から見て、技術導入のための条件が整っていた。自主開発から技術導入への方針が国レベルで決められた背景には、このような国内と国際関係双方の事情があった。「国産」か「技術導入」かの議論とそれに伴う日米政府間協議は、その後N－IIロケット、さらにH－Iロケットへと性能向上を図る度に繰り返されることになった。

H－IロケットはN－IIロケットの性能向上を図ったものであるが、重要なことは、将来にわたって必要となる基本技術を国産化したことである。即ち、第一段はN－IIロケットと同一のライセンス生産とし、第二段液体酸素・液体水素ロケット、慣性誘導システムおよび第三段固体ロケットの上段システムに的を絞って新規自主開発したものである。結果論として言えば、この開発方針は極めて正しかったことが証明されたことになる。

堅苦しい話になるが、実用ロケットは性能、スケジュール、信頼性及びコストの面で利用者の要求に応えることのできるものでなければならない。宇宙開発の後進国として出発した日本にとって、「国産」か「技術導入」かの選択を迫られたことは、宿命ともいうべきことで、避けて通れない道程であった。

結果は技術導入、導入技術の消化・改良から出発して国産技術の確立という、日本の近代化の過程をそのまま再現し、繰り返すことによって、宇宙技術の分野においても日本は先進諸国と対等に協力・競争できるレベルに近づいてきた、というのが現状である。

あやまちは人の常

ロケットは多くの分野の技術から構成される高性能かつ複雑なシステムである。その開発は、広い意味で初期設計から打上げ完了までを含み、設計（目標）→実証（試験・確認）のサイクルを繰り返すことによって「虫だし」をし、信頼性の高い、即ち故障の少ないシステムを作りだすことである。「虫だし」とは専門用語を使うと「不具合」の摘出であるが、特に未経験の分野の技術開発では、「技術的困難さ」と「人間の犯すミス（Human Error）」から多くの不具合が発生する。因みに「不具合」とはNon-Conformanceの訳語で、「一つ以上の特性が要求と合致しない物品、材料または役務の状態。故障、欠陥、不足および機能不良を含む」と定義されるが、NASA（アメリカ航空宇宙局）文書の直訳であるため分りにくい。

「技術は経験なり」の鉄則どおり、技術開発は、理論によってではなく、失敗の経験の積重ねによって進む。ロケットの開発は、日々不具合とのつきあいといってよく、また不具合を克服することによってのみ成就する。「技術導入型ロケット」といえどもこの過程を避けて通ることはできない。

◆何年か前のこと、H-Iロケットの第一段機体を担当メーカーの工場から種子島射場へ送り出す作業をしていたとき、作業員のミスによって液体酸素タンクの薄い外壁に直径数ミリの穴があいたことがある。このときの修復作業は困難を極めた。作業者がタンクの中に入ってこの穴を修理したのだが、それが原因となって万一有機物等がタンク内に残ったときには、後に液体酸素と反応して発火する危険性がある。また、何よりも打上げ日までの時間的余裕がなかった。結果は、担当メーカーの技術者の不眠不休の努力によって〝つぎあて〟の修理を完了し、無事スケジュールに間に合った。諸外国の記録を探しても、大型液体ロケットのタンク、特に液体酸素タンクに〝つぎ〟をあてて打上げに成功した例は他にない。

◆種子島で打上げ準備作業をしていたある日の夕方、現場の作業者が誤って乾燥剤のシリカゲルを相当量、空《から》の第一段液体酸素タンクの中（底）に落としてしまった。その頃、シリカゲルが液体酸素と反応して爆発するか否かについてのデータを我々は持っていなかった。打上げ日が迫っており、我々技術者一同大いにあせった。窮余の一策、当時、技術援助を受けていたアメリカの企業に問い合わせた。翌朝、テレックスが入り、彼等の経験によれば、シリカゲルは液体酸素と反応しない、という。さらに続けて「もし同じ事態が当方のデルタ・ロケットで起きたとしたら、我々はそのまま打ち上げるであろう」と、英文法でいうところの「仮定法過去」で書き添えてあったのには恐れ入った。

◆外からの助けをいっさい受けずにロケットを正しく目標まで飛行させる機器を慣性誘導装置と呼び、これは人間の頭脳部に相当する。わが国ではH-Iロケットで初めて国産開発した。

当時、この分野における日本の技術は未熟で、実績がなく、しかも世界的レベルの性能を目指したため、この誘導システム（N－CEと呼ぶ）の開発は大変であった。わが宇宙開発事業団の中にあって、開発の中心となっていたある技術者は、かくのごとく困難な開発にとり組んでいたため、日々、ストレスが蓄積されたらしい。ある日の夜遅く、帰宅途中、彼自身の頭脳の〝誘導装置〟に「不具合」が起きたのであろう。翌朝、気がつけば、遠方の、自宅と反対方向の、とある駅の〝レール〟を枕に寝ていた。悪運が強かったと言うべきか、幸いにして本人は一命をとりとめ、また、H－Iロケット九機の打上げによってN－CEの優秀さが証明された訳であるが、一方、「人間の誘導」も時としてロケットの誘導に劣らず難しい、という教訓を得た事件でもあった。本人が駅のホームから墜落した原因については、ストレス説が有力であるが、中にはC_2H_5OH（アルコール）説をとる「少数意見」もあって、今となっては、真相は定かでない。

◆一九八九年八月、H－Iロケット打上げの際、第一段液体ロケット・エンジン点火の過程で、一部品の不具合によりカウントダウン作業が自動的に〝緊急停止〟した。発射予定時刻の二、三秒前である。固体ロケットには点火されず、ロケット機体は、カウントダウン前と同じ姿で発射台上に起立していた。その後、不具合部分を是正することにより、ほぼ一ヵ月後、静止気象衛星を成功裡に打ち上げた。現代の宇宙ロケットは、発射の直前に何らかの不具合が検知されると、液体ロケットの点火手順を中断し、固体ロケット点火への進行を阻止してロケットが地上から飛び上ることを防ぐ、というシステムを備えている。ロケットがそのまま発射されると、大事故に至るためである。固体ロケットでは、点火の過程でこのような小さな不具合が起きても、救済策を取ることはできない。このときは、種子島に詰めていた取材陣から「今回の打上げ失敗の原因は?」と、しつこく追及されて閉口したものである。これは「打上げ失敗」ではない。一部品の故障を検知したとき、作業の進行を止めて致命的な失敗を防ぐ、というシステムが機能したことは優れたシステム技術の成果であったのだが、多くの日本人記者にその点を理解して貰うことができなかった。その四年前の一九八五年七月、同じ事態がスペース・シャトルで起きたときNASAは、担当官による事実説明の後、たんたんと手順どおりの作業に戻っている。筆者は双方のケースに遭遇した。種子島では打上げ担当者として、ケネディ宇宙センターでは見学者として。このときのシャトルは、半年後の一九八六年一月、発射直後に爆発事故を起したチャレンジャー号であった。

◆ロケットの飛行経路の計算に熱中していた(NASDAの)ある技術者が、ある日の夕方、大きなプログラムをコンピュータに入れて帰宅した。ところが、一枚のカード(STOPの指示)を入れ忘れたため、その頃の最新鋭コンピュータが一晩中同じ計算を際限なく繰り返していた。信じ難い話であるが事実である。

◆ある衛星のコネクタが一八〇度位相を間違えて取り付けられており、これが、打上げ直前に発見されたことがある。工場における製作・組立てから射場作業に至る過程で、何度も検査が繰り返されてきたにも拘わらず、である。

過ちは人の常、許すは神の心。神ならぬ人間のなす業、技術が進歩し、どんなに高度になっても、「神の心」は必要なのである。

ともあれ、多くの技術者が、様々なフェーズでそれぞれの技術分野で努力を続け、多くの美談・失敗談を残してH－Iに至る実用ロケットの開発を完了した。今また、H－IIロケット開発のため、若き技術者が新しい技術の開発に挑戦している。その過程で現に直面しつつある技術的困難は、全く未経験の高度技術を自らの手でつくり出すため、我々が先頭走者（Front Runner）として払うべき当然の代価なのであろう。

ロケットと種子島

済んだ青い海と紺碧の空を背景に、白い煙と轟音を残して宇宙に向かって飛び立つロケットの姿は美しい。一九七五年九月九日、ポルトガルならぬアメリカから伝えられた技術を用いて製造した本格的大型ロケット（N－Iロケット）が初めて種子島から打ち上げられた。以来、合計二四機の実用ロケットがここから次々と宇宙に向かって飛び立って行った。近代技術の粋を集めた大型ロケットが、鉄砲伝来の地・種子島で打ち上げられてきたことも、何かの歴史的因縁であろう。

N－ⅠからH－Ⅱに至るロケットの開発が成功を収め、優れた実績を残すことができたのは、直接携わった技術者は勿論のこと、アメリカ政府・企業を初めとする内外の関係者の努力の賜物である。同時に、種子島の島民の支援と理解によるところ大であることをも銘記したい。

（一九九二・四）

【注】静止衛星＝高度約三万六〇〇〇キロメートルの「赤道上空の円軌道」の衛星は地球の自転と同じ角速度で地球を周回するため、地上からは静止して見える。そのため、静止衛星と呼ぶが、実際は秒速三・〇八キロメートルの「慣性速度」で地球を周回飛行している。実用上最も重要な軌道で、通信・放送・気象観測等のための実用衛星の大半は静止衛星である。上記「慣性速度」をはじめ、宇宙科学や宇宙工学で使われる多くの専門用語については、筆者が最近上梓した『宇宙ロケット工学入門』（朝倉書店）を参考にして頂きたい。

宇宙開発って何？

昨年（一九九二）九月、毛利衛さんがアメリカのスペースシャトル・エンデバー号に搭乗して宇宙飛行を体験して以来、全国の小中学生をはじめ一般の方々にも宇宙が身近なものになり、かつまた宇宙開発に対する国民の理解が一段と深まったことは、宇宙開発に携わる者にとって大変喜ばしいことである。

宇宙開発事業団が設立されて二四年になるが、当初は何の実績もなく、知名度も限りなくゼロに近かった。時々、不動産会社と間違われ、「月の土地を売っているのではないか？」とマジメに聞かれて返答に窮した技術者もいる。現在只今、誰もが「あの毛利さんの——」と直ちに納得される。

そもそも宇宙とは何か。宇宙開発とは何であろうか。よく若い人から「宇宙の果てはどうなっているのか、その向こうに何があるのか」と聞かれるが、ウチュウ開発の仕事をしている私だってそんな難しいことは分からない。星の中でも遠いものでは光が一〇〇億光年以上もかかって地球に届くのだそうで、わが太陽系の属している銀河系に限っても、その直径は一〇万光年もあるということではないか。途方もなく大きな、この宇宙のことを英語でUniverseとかCosmosという。一方、ロケットやスペースシャトルを打ち上げるときの宇宙はOuter Space、略してSpace（スペース）と呼び、地球の大気圏外空間を意味する。我々が開発し利用する「宇宙」とはこのスペースのことであり、地球周辺の「地球にへばりついた空間」とも言える。宇宙開発の対象はせいぜいが太陽系までである。例えば、月からの光は一秒余りで地球に届く。また、仮に地球を直径一メートルの球と考えると、スペースシャトルの飛行する高度は地表からわずか三センチメートルに過ぎない。

少しく解説風になって恐縮であるが、日本の宇宙開発は宇宙科学分野の文部省宇宙科学研究所と実利用分野の宇宙開発事業団の二元体制で進められている。

宇宙開発事業団は大型実用ロケットによって気象衛星の「ひまわり」シリーズや地球観測衛星などの実用衛星を打ち上げてきた。毛利さんの「ふわっと'92」に代表される宇宙実験は無重量環境を利用するもので、新しい分野の宇宙技術である。

八年前（一九八五年）の夏、私は後にチャレンジャー号の爆発事故で亡くなった日系二世のエリスン・オニヅカ中佐（事故後、大佐に昇進）にジョンソン宇宙センターでお目にかかる機会があり、色々な宇宙体験の話を聞くことができた。そのとき彼は「宇宙から眺めた地球は美しい。特に、薄い大気層が青色に輝く地球の表情はたとえようもなく美しい」と強調していた。

オニヅカさんだけでなく、アポロ（計画の）宇宙飛行士から毛利さんに至るまで、大気圏外から地球を観察した体験をもつ人は皆、地球の生命を育む大気層が極めて薄く脆いものだとの印象を受け、現在進行中の環境破壊・大気汚染を防いでこの美しい地球を守らなければならない、ということを実感するという。宇宙開発の意義（のひとつ）もここにある。

宇宙空間が我々人類の将来にとって大きな可能性を持っていることは事実であろう。しかし、唯単に人類の知見を拡大する場として、或いは直接利益を得る場としてのみ宇宙空間を利用するのでは余りに貧しい発想と言えよう。経済効果・科学技術万能の考え方に対する自戒の念をこめて言えば、宇宙開発には、一惑星「地球号」を宇宙的視野で見直し、かけがえのない地球を守る、という新しい使命が課せられている。

毛利さんは最新号のエンデバー号上で数多くの実験を勤勉・正確に遂行して帰還した。もともとNASAの予定では、「ふわっと'92」の飛行にチャレンジャー号が割り当てられていた。また、オニヅカさんとともに、クリスタ・マコーリフさんという高校の先生がチャレンジャー号に搭乗していた。彼女はTeacher in Spaceと呼ばれる、アメリカでも初めての宇宙授業を行う筈であった。マコーリフ先生の果たせなかった夢（の一部）を代替機のエンデバー号上で毛利さんが実現したことも何かの縁であろう。因みに、運命のチャレンジャー号（一九八六年一月）がスペースシャトル通算二五回目、エンデバー号（一九九二年九月）は五〇回目のフライトであった。

宇宙開発（或いは宇宙探査）に関する条約があり、日本、アメリカ、旧ソ連をはじめ世界の多くの国が加盟している。「月その他の天体を含む宇宙空間の探査及び利用における国家活動を律する原則に関する条約」という。この「宇宙条約」では宇宙飛行士を宇宙空間への「人類の使節」であると規定している。昨年九月、報道機関がしばしば「毛利さんは云々」と、宇宙開発事業団のという修飾語抜きでニュースを流したため、関係者の中にはやや不満という向きもあった。しかし、宇宙条約によれば、今や彼は日本の一法人の毛利クンであるだけでなく、人類の使節であり、世界の毛利さんなのである。今年の四月現在、その数（累計）は全世界で二九五名になるという。丁度一年後には向井千秋さんも、この使節の列に加わることになる。日本の女性として、医師として、何よりも宇宙飛行士として、どのような新しい発想を得て帰還するであろうか。

（一九九三・五）

宇宙は有限である？

人類初の人工衛星・スプートニクが打ち上げられたとき、当時の若者の多くは宇宙探査を新時代の「夢」と捉えた。あれから半世紀たった今、宇宙は夢とロマンに満ちているであろうか？皮肉な話であるが、大げさに言えば、宇宙空間はゴミに満ちている。

人間の打ち上げたロケットや衛星の残骸及びその破片が自然の法則、即ちニュートンの法則に従って地球の回りを飛び続けており、その数、直径一センチ以上の物体は五〇万個以上、一センチ以下になると観測できないので実態は分らない。これが宇宙ゴミ（Space Debris ＝スペースデブリ）であり、宇宙空間の汚染は近未来の有人活動にとって危険レベルに近づいている。

国際宇宙ステーションに日本の実験棟を取り付ける作業について、マスコミが「新しい宇宙時代の幕開け」などと素朴におだてる報道振りを見ていて、いささか心配になったものだ。

昨年（二〇〇七年）、中国が、標的の衛星に対して地上からミサイルを発射してこれを破壊する、という軍事実験を行った。その結果、新たに数千～数万個の破片が発生した筈である（アメリカ・ロシア両大国はずっと以前に同様の実験を行っている）。驚くべきことに、今回の中国の

〝蛮行〟に対して、わが国の政治指導者や関係機関のリーダーは正式に抗議声明も非難声明も出していない。

大気汚染、海洋汚染、そして今や宇宙空間の汚染はなぜ起きたのであろうか？　恐らくその要因は、大気も海洋も（地球周辺の）宇宙空間も、全てが有限であることを人類が忘れていたことにあるのだろう。一九四〇年代のこと、アメリカ・ロスアンゼルスで最初の自動車専用道路（Freeway）が開通して間もなく、道路周辺の住民が「変な匂いがする、何か変だ。排気ガスの所為ではないか」と騒ぎ出した。このとき、大自動車メーカーのトップが「排気ガスは無限の大気中に放出され、希釈されるので問題ない」と言明した、という話が伝えられている。この「希釈」という考え方が、環境破壊の思想であり元凶である。そもそも、地球も（我々が利用・活用できる）宇宙空間も無限ではない。

思えば、我々が初めて「無限大」と「無限小」という概念に出会ったのは高校時代であった。そのときの定義がどこまで数学的に厳密であったのかは別にして、我々が若いとき、この概念を学んだことは事実である。今日の世界の動きを見ていると、〝有限と無限の質的な違い〟を世界各国の（政治・経済の）指導者（政治家）たちは全く理解していない。彼らはもう一度「高等学校の数学」を勉強し直すべきであると考えるのだが、如何であろうか？

古来稀なる齢を迎えた私も、危険度の高い「バイオ施設」建設問題が身近に迫ったため、押っ取り刀で「高校の生物」の勉強を始めた次第である。

（二〇〇八・九）

鳥の眼、虫の眼、宇宙の眼

宇宙空間とは

人類が動力飛行によって空を飛ぶ技術を獲得してからほぼ一世紀、航空機は我々の生活に欠くことのできない交通手段となっている。一方、宇宙空間に人工衛星が打ち上げられてから半世紀、衛星や衛星打上げ用ロケットの技術が進化・成熟したことにより、我々は日常生活の面で多くの恩恵を受けている。しかし、あらゆる分野の科学技術と同様、宇宙技術の進化にも光の部分と影の部分がある。また、その光の側面は単に生活の利便性だけにあるのではなく、むしろ我々人類が「宇宙空間から地球を見る眼」を獲得したことにある。

地球を取り巻く宇宙空間は誰のものでもなく、特定の国のものでもない。比較的早い時期に国連の「宇宙条約」が締結され、「宇宙空間の領有禁止」「宇宙活動の平和利用」「宇宙飛行士の地位」についての基本原則が決められた。それでは、宇宙空間と（国家主権の及ぶ）領空の境はどこにあるのか？　空と宇宙の境界は高度一〇〇キロメートルであるという説が昨今のマスコミに流されているが、これは〝間違い〟である。この高度で宇宙活動は出来ない。その法的根拠もない。空と宇宙空間との境界については国連で長年議論されてきたが、未だに決着していない。実用上は高度二〇〇キロメートル程度が実質的な宇宙空間の入り口であると考えてよい。

自然の法則

人工衛星は何故地球の周りを無動力で飛び続けることができるのであろうか？「地球と人工衛星」の運動は「太陽と惑星」の運動と同じ「自然の法則」に従っているのであり、宇宙ロケットはその手伝いをする輸送手段に過ぎない。自然の法則はこの宇宙全体を支配する法則であって、人間が作り出したものではない。ニュートン力学は、欠陥はあるものの、ブラックホールなどの特殊なケースを除き、自然の法則を正確に反映している。

近代ロケット第一号は、一九四二年にドイツが軍事ミサイルとして開発したV－2号である。第二次世界大戦後、アメリカ、旧ソ連を初め多くの国がロケットを開発してきたが、その出発点は全てV－2号を真似したものである。

現在、宇宙開発は科学・実用・軍事の三分野で行われ、その技術は相当程度成熟している。例えば、六〇〇～八〇〇キロメートルの高度を飛行する地球観測衛星から得られる地表の（最新の）画像は一メートル以下の解像度を持つ。惑星探査の分野では、数年前、NASAの探査機が土星とその〝輪〟の間の空間を正確に通過して観測を続けた。このような探査機も自然の法則に従って飛行する。

有人宇宙活動

宇宙開発の最も難しい領域は「有人宇宙活動」であり、アメリカ、ロシア、中国の三カ国だけが独自開発に成功した。日本ではまだ計画自体が存在しない。日本の宇宙飛行士はNASAで訓練を受け、アメリカとロシアの輸送ロケットに乗って地上と国際宇宙ステーションの間を往復してきた。

ここで、将来の有人宇宙活動に希望を持つ若者も多いので、「宇宙空間で人間は生活できるか？」という問題を考えてみる。人間が地球周辺の宇宙空間で活動するには、地球を周回する宇宙船や宇宙ステーションに搭乗して一緒に地球を回る。そのとき、人は重力を感じない「無重量状態」になる。人間がこのような環境下で経験するときの人体の症状は以下の通りである。

① 循環器系の異常＝血液が上半身に移動するため、月の顔（Moon Face）になる。が、時間の経過とともに普通の顔に戻る。

② 宇宙酔い＝耳石による平衡感覚の混乱に視覚の混乱が加わって起きるという。吐き気を催し、嘔吐する人もいる。症状の強弱には個人差があるが、二、三日経つと治まる。

③ 骨カルシウム＝体内からカルシウムが排出される。短期滞在の場合は地上に戻ると回復するが、長期の場合は完全には回復しない。往復に二年以上かかる火星有人飛行は、人体に障害を与えるので深刻な問題となる。

④　宇宙放射線＝陽子、α線（ヘリウム原子核）、β線（電子）、重粒子等多くの粒子が飛来するので、人体の受ける被曝量は地上より一桁以上多くなる。粒子の殆どは質量の小さな陽子と電子なので、滞在期間が長期間（半年以上）にならない限り問題ないが、特に太陽フレアの発生時など、太陽活動の活発なときに飛来する（鉄イオンなどの）重粒子は人体に極めて危険である。宇宙飛行中に「神を見た」という飛行士が何人かいるが、これは（恐らく）粒子の一つが脳の中の〝特定の一点〟を通過するときに起きる現象である、という説が有力である。宇宙放射線（粒子）は長期の有人宇宙飛行にとって最大の障壁である。

⑤　閉鎖環境＝医学上の問題ではなく、南極観測でも経験してきた心理学上の問題である。

その他、ロケットやシャトルに乗って地上と宇宙空間を往復するとき、その加速・減速により地上の三〜五倍（三〜五G）の加速度に耐えなければならない。しかし、有人飛行最大の実務上の壁は膨大なコスト（費用）である。一人の飛行士を宇宙空間に送り出して無事に帰還させるのに、実に多額の税金と多くの国民の支援が必要であることを忘れてはならない。

日本の宇宙開発

敗戦後占領下にあった日本は航空の研究を禁止されたため、欧米や旧ソ連に比べて航空宇宙技術に係る研究開発のスタートが随分と遅れた。一九五五年、東京大学生産技術研究所・糸川英夫教授のグループは長さ二三センチのペンシル・ロケットの水平発射実験を行い、これがわが国宇宙開発の出発点になった。固体ロケットの自主開発にこだわり、一九七〇年、日本初の衛星「おおすみ」の打上げによって世界で四番目の（自力による）衛星打上げ国となった。その後、組織は宇宙科学研究所に移行し、より大型の固体ロケットにより数々の科学衛星を打ち上げて国際的な評価を得てきた。

実利用の分野では一九六九年に設立された宇宙開発事業団が島秀雄・初代理事長の下、アメリカからの技術導入に踏み切り、大型液体ロケットと誘導システムを備えた本格的な近代ロケットの開発に取り組んだ。宇宙開発事業団はこの技術導入計画により宇宙技術の近代化に成功し、その後、大型ロケット・大型衛星の国産開発に着手し、多くの事故や失敗を経験した後、現在のH－2A及びH－2Bロケットの定常運用にこぎつけた。

二〇〇三年一〇月、組織改正により、それまで別々の組織で行われてきた宇宙科学分野と実利用分野の宇宙開発が、再編された宇宙航空研究開発機構（JAXA）によって一元的に実施されることになった。従来、この二元体制について国内では否定的に見る向きが強かったが、欧米の宇宙開発関係者は高く評価していた。それは、日本の宇宙科学が少ない予算で、（スペース・シャトルや宇宙ステーションのような）〝金食い虫〟プロジェクトに左右されず、着実に実績を積み重ねてきた、その成果に対する彼らの賞賛であり羨望でもあった。

私自身、日本国宇宙予算の八五％を消費する宇宙開発事業団に身を置いていたが、二元体制に賛成であった。少額の予算で独自に、自由な発想で宇宙科学研究と大学院教育を行う小規模な宇宙科学研究所は貴重な存在で、むしろ効率的である。特に国の行政関連法人は、組織が肥大化すると必ず官僚化して、その組織を維持することが最大の目的となる。ＪＡＸＡは、町村合併よろしく何でも統合することが改革と言われた時代の〝カイカクの申し子〟であり、現在は、宇宙科学と実用双方の宇宙技術開発を担っている。多くの経験者が懸念していた通り、（往年の島秀雄理事長時代に比べてみるとき）その組織内の官僚化が相当程度進行した状態となっていることは至極残念であり、その克服が今後の課題となる。

宇宙の眼

過去六〇有余年にわたる宇宙開発の結果、現在、地球周辺の宇宙空間はスペース・デブリ（Space Debris）で汚染され、近未来の有人宇宙活動が危険段階に近づいている（72頁参照）。スペース・デブリは宇宙開発の「負の遺産」であり「影の部分」である。

科学技術の発展には必ず光と影がある。特に大型プロジェクトに対しては常に「夢と希望」だけが声高に喧伝されるが、そこには必ず〝影〟が付きまとうことを忘れてはならない。

何億年もの時間をかけて進化してきた遺伝子を一夜にして人工的に組み替える「遺伝子操作」が頻繁に行われている。これは難病の治療等で人類に恩恵をもたらす可能性がある反面、この世に存在しなかった危険なウィルス類が増殖する危険性が常につきまとう。〝神の領域〟に人間が入り込むことに人はもっと慎重・謙虚でなければならない。

超音速旅客機（SuperSonic Transport＝SST）の研究プロジェクトがあるが、超音速機はソニック・ブームのため航空路の下にあたる地域に連続爆発音を発生させながら飛行する。病人や乳幼児、或いは小動物にとって大変危険である。多くの国は現在、その領土内での超音速飛行を禁じている。ソニック・ブームは超音速飛行の際に必ず発生する自然現象で、これをゼロにすることはできない。

地球温暖化対策として、炭酸ガスを減らすことは必要であるが、その削減方法には疑問符のつくものが多々ある。地上で集めた二酸化炭素を遠くの海まで船で運び、深海の海底に放出する研究プロジェクトに、わが国の政府はこれまで相当額の資金を投資してきたようだ。深い海底で放出されたガスは殆ど無限の海水で希釈されるから問題ない、と研究者は言う。ある学生が「希釈されるからよい」という、この考え方に疑問を抱いた。自動車の排気ガスによる大気汚染は、この「希釈されるからよい」という傲慢な哲学から始まった。大気も海水も無限ではない。有限な資源である。これが科学と技術のスタートラインであるべきである。

現在只今、我々は大気汚染・海洋汚染・土壌汚染、それに宇宙空間汚染を含めた地球環境問題やエネルギー問題等多くの難問を抱えている。そして、これらを解決するための（現在の）手法はひたすらミクロの世界の解析に進む方向にあるが、まずは大局観を持つことから出発すべきである。

「鳥の眼、虫の眼」という言葉があるが、これに加えて究極の大局観、即ち「宇宙の眼」を持つことが必要である。ある脳外科医【注】が指摘する「何事もまずは右脳から出発して次に左脳へ」という発想に通じることでもある。

高校時代の畏友・古村哲也君から聞いた話がある。Operations Research（システム最適化の科学）のある大家が「部分最適は現代の悪魔だ」と言ったそうである。我々も大局観を持たないいま部分最適を繰り返す愚は止めたいものである。

（二〇一一・一）

【注】植村研一『脳を守り活かす』静岡新聞社

スペース・シャトルとの遭遇

シャトルの登場

スペース・シャトル（Space Shuttle）は、アメリカ航空宇宙局（NASA）がアポロ計画終了後の一大国家プロジェクトとして開発・運用した再使用型の宇宙輸送機である。二〇一一年七月、三〇年間にわたる〝宇宙への旅〟の最後のフライトを終了して退役した。

アポロ計画は、我々の世代の誰もがよく知るように、当時のケネディ大統領が一九六一年五月、「一九六〇年代が終るまでに、人間を月に送って上陸させ、無事に地球に帰還させる」という壮大な計画を発表し、膨大な国費を使って実現したものである。一九六九年七月二〇日、アポロ11号の二人の宇宙飛行士が人類初の月面着陸に成功したが、この歴史的瞬間には多くの人がラジオやテレビの同時通訳放送にかじりつき、街を走る車の数が激減する程の大騒ぎをしたものである。アメリカの古きよき時代を象徴する一大事件であった。一九七二年のアポロ17号までの飛行により合計一二名のアメリカ人宇宙飛行士が月面を歩いたが、その後四〇年間、月に降り立った人は一人もいない。

一九七〇年代に入ってアポロ計画が終りに近づくと、アメリカ国民の間に、膨大な税金を使ってNASAは一体何をしたのか、という疑問の声が沸き上ってくる。結局、月の石を持ち帰っただけではないのか、もっと自分達アメリカ国民の役に立つことはできないのか、という現実論である。宇宙活動の予算を切り下げるべきだという声は月着陸の前から出てきており、事実、NASAの年間予算は一九六六年前後三年間を頂点として、次第に削減されていった。

そこで、ポスト・アポロ計画として登場したのが、スペース・シャトルであり、これは地上と宇宙空間の間を頻繁に往復できる〝部分再使用型〟の宇宙ロケットである。スペース・シャトル計画の政治的な背景はさて措き、これは非常にコスト効率の高い宇宙輸送システムになる筈であった。何故なら、当時も今も、宇宙ロケットは（シャトルを除いて）全て〝使い捨て型〟である。発射時の全備重量のわずか一％或いは二％程度の衛星を宇宙空間に運搬するために、機体の殆ど全てを捨ててしまうのが普通の宇宙ロケットである。これが現在の科学技術の限界である。

スペース・シャトルは、大型固体ロケットを両脇に抱えた巨大な液体推進薬（酸化剤と燃料）タンクの背に（当時の航空機で言えばDC－9とほぼ同じ大きさの）オービタ（Orbiter）を取り付ける。打上げ直前の姿は、セミが木に止まっているような格好になる。このセミの部分が飛行士の乗るオービタで、これが宇宙から無動力で降下してきてグライダーのように着陸する。そして再使用される。打上げの際、使用後の大型タンクは捨てられ、固体ロケットの燃え殻は海上で回収し、整備して再使用される。オービタは全部で六機作られたが、そのうち、エンタープライズ号は試験飛行用の機体であるため宇宙飛行はしていない。事故によりチャレンジャー号とコロンビア号を失い、最後まで残ったのはディスカバリー号、アトランティス号、エンデヴァー号のみであった。この三機のオービタは現在、ワシントン、フロリダ（ケネディ宇宙センター）、ロスアンゼルスの博物館に収まっている。

シャトルは当初、年間約五〇回（ほぼ毎週一回）のフライトを予定していたので、地上と宇宙空間を往復するコストは格段に安くなる。なる筈であった。この構想は当時としてはまさに革新的なもので、これを一九七二年一月、ニクソン大統領が最終決定した。

シャトルとは、織機で布を織るとき縦糸の間に横糸を通すために用いられる船形の杼《ひ》を意味する。スペース・シャトルは、地上と宇宙空間との間を頻繁に低コストで往復する〝宇宙空間への定期便〟である。その後、旧ソ連もアメリカ版に良く似たシャトルを開発したが、一、二回の試験飛行を実施しただけで中止に追い込まれた。コストが余りにも高くつくことが判明したためである。

スペース・シャトルは一九八一年四月の初飛行の後、二〇一一年七月までの三〇年間に一三五回のフライトを行ったが、二回の悲劇的な事故により一四名の飛行士が犠牲になった。シャトル全飛行の終了後、NASAがその開発・運用計画全体の総合的な評価をしたのか否か、私は知らない。（恐らく、していないであろう、NASAの体質を考えれば）。実際の運用が始まると、当初の「低コスト宇宙定期便」という理念は全く機能せず、逆に、シャトル計画はNASA予算を圧迫し、ために多くの科学者・技術者や宇宙政策の専門家から〝金食い虫〟プロジェクトとして批判を浴びることになった。

このような事情から、当初は夢の乗り物と言われたスペース・シャトルの計画は失敗であった、と考える専門家が多い。しかし、国際宇宙ステーションへの輸送を始め、多くの有人飛行の実績を見るとき、スペース・シャトルは、この時代にしか存在し得なかった画期的な宇宙輸送システムであったことは間違いない。これを歴史的に評価するためにはもう少し時間が必要であろう。

シャトルの再突入空気力学

その昔私は、ニューヨークのある大学（大学院）に留学していたとき、その附属研究所でシャトル・オービタの大気圏再突入空気力学の研究をしていた。シャトル開発計画がまだ正式に認められる前の基礎研究段階のことで、私の指導教授がNASAのある研究センターから委託を受けて始めたものである。ニクソン声明の約半年前のある日、教授がオービタの図面を私に渡しながら「これはまだ秘密だから取り扱いに注意して、早急に縮尺模型を作って風洞試験を始めるように」と得意げに語ったことが印象に残っている。おかげで私は、二種類の実験用模型の図面を引いて工作所で作って貰い、それをマッハ6の超音速風洞に入れて、来る日も来る日も実験とデータ解析の作業に明け暮れることになった。PhD（博士号）論文にまとめるため、全部で五〇〇回ほどの試験を繰り返した。

今振り返ってみて、私は、留学時代からその後の宇宙開発の仕事を通して、スペース・シャトルとは、それは事故を起したチャレンジャー号や殉職したオニヅカ飛行士を含めてであるが、何か不思議な因縁を持っていたように感じている。

砂漠の中のスペース・シャトル

一九七七年夏のことになる。宇宙開発事業団のロスアンゼルスの駐在員として赴任して一年に満たない頃で、丁度、訪米VIPのアテンド業務に忙殺されていた時期にあたる。それも一応収束した頃、東京から連絡が入った。

その頃、スペース・シャトルの開発を急いでいたNASAはシャトル・オービタ「エンタープライズ号」による一連の試験飛行をロスアンゼルスの北方約一五〇キロ、モハベ砂漠の中のエドワーズ空軍基地で開始しようとしており、その第一回目の飛行を八月一二日に予定していた。当事業団の島秀雄・理事長がNASA長官から試験飛行の視察に招待されたが、都合が悪いので副理事長の松浦陽恵さんに代理をお願いした。ついては、私も一緒に参加できるよう依頼しているとのことで、間もなくNASA本部から私宛の招待状が届いた。

試験飛行前日の正午頃、NASAの招待客はロスアンゼルス空港近くのホテルに集合し、そこから一台のバスに乗って一泊二日のツアーに出発した。同乗者はNASAと関係の深い国の外交官や宇宙機関の代表者で、総勢四〇名ほどであったろう。ワシントンからは日本の東郷文彦・駐米大使夫妻やインドネシア大使のほか数名の外交官が参加した。この日は途中、パサデナのジェット推進研究所（ＪＰＬ）に立ち寄り、見学することになっていた。ＪＰＬでは主任研究員のシマダ博士（戦後のガリオア・エロア留学生として渡米し、そのまま帰化した秀才）がヴァイキング計画（火星探査）やボイジャー計画（外惑星探査）など、多くの宇宙探査計画の状況を（主に、宇宙探査に馴染みのない外交官相手に）易しく解説していた。

その後、我々のバスは砂漠手前の街・パームデールまで北上した。ＪＰＬから二時間ほどの間、一行は概ね静かなバス旅行を楽しんだのであるが、中に、約一名の例外があって、それはわが日本国大使夫人である。何せ賑やかなのである。殆ど通路に立ったまま、同乗の参加者に次々に話しかけてくる。それも完璧な英語、ドイツ語、日本語で（ひょっとするとフランス語も含めて）ひと時も休むことなく陽気に喋り続ける様子は、とても人間業ではない。大使夫人は、（太平洋戦争の開戦時と終戦時の）東郷茂徳・外務大臣と夫人（ドイツ人）との間の一人娘である。この現代史に残る外務大臣の娘婿が東郷文彦氏ということになる。

さて、パームデールのホテルの前に到着したバスから降りて、ふと前方を見ると、東郷大使が二つの大きなスーツケースを両手に抱え、フーフー言いながらホテルの玄関に向って歩いている。その少し前方には、大使夫人が扇子を片手に悠然と歩いて行く。このときばかりは、在アメリカ合衆国特命全権大使と雖も外交官とはツライものだと同情したものである。

乾燥した砂漠近くの午後の陽は強く、暑いが、日陰に入ると涼しい。ホテルに落ち着いて、松浦さんと私が軽く一杯飲もうとラウンジに席をとると、少し離れた席で既にくつろいでいた大使ご夫妻から我々二人にカクテルが届けられた。我々がこの粋《いき》な計らいを喜んで受けたことは言うまでもない。

NASA国際部の決めたスケジュールに従って、その日は翌日の試験飛行の説明会とパーティが夜遅くまで続き、そこで我々はNASA新長官、二人の歴代長官、宇宙飛行士などの面々に会う機会を持った。この旅行の世話役である国際部のドイル次長は「宇宙法」の専門家で、私はその後も（アメリカからの）技術導入や国際協力などの問題について何度も話し合う機会を持ち、随分長い間付き合うことになる。

もう一人の世話役である国際課のラボンヌ・パーカーさんは若くて陽気な（多分混血と思われる）黒人の大変な美人であったが、性格のしっかりした（気の強い？）女性で、当時、わが宇宙開発事業団ワシントン駐在員である（東大出身の）A君は、いつも彼女に怒られてばかりいた。それは、日本人のNASA関連施設の見学の申し込みがいつもギリギリ直前で、時間の余裕がなかったためである。（NASAの規定では、三、四週間前までに申請することになっている）。日本の新聞記者・高級官僚・学者・政治家などのエライ先生方は、いつも直前になって宇宙センター等の見学許可を取ってくれ、とワシントン事務所に駆け込み依頼してくる。受け入れ側のNASAだって大変である。今ほどではないにしても、Security上の問題があったのだ。A君個人の責任ではないのであるが、しかし、いつも（日本を代表して）彼女に怒られていたのはA君である。

閑話休題。明けて八月一二日、我々一行は早朝、まだ暗いうちにバスに乗り込み、午前七時半頃にはエドワーズ空軍基地に着いている。晴天である。幾つかの大型のテントが用意されており、そのうちの一つがNASAテントであった。このテント村の中に有力政治家のためのテントがあり、共和党のゴールドウォーター上院議員やブラウン・カリフォルニア州知事などの姿が見える。東郷大使はそのテントまで出かけて行って暫くブラウン州知事と歓談していた。

余談になるが、バリー・ゴールドウォーター上院議員は共和党の保守派重鎮で、ウォーターゲート事件でニクソン大統領辞任への引導を渡したことでも知られている。二、三回テレビに出演しているのを拝見したところでは、世評の〝こわもて〟とは逆に、非常にユーモアのある政治家でジョークも大層辛辣で面白い。ジェリー・ブラウン州知事はまだ四〇歳に満たない若さで、（ずけずけ言う）Outspokenであるために人気があり、その上、副知事との争いごとが絶えないため、いつもマスコミに追い回されていた。（カリフォルニア州では、州憲法により、知事の選挙と副知事の選挙は独立しているようである）。

さて、肝心の試験飛行であるが、やがて、シャトル・オービタの「エンタープライズ号」がジャンボ機の上にPiggybackスタイルで乗ったまま離陸し、ほぼ一万メートルの上空で母機から切り離され、そして、文字通り〝落ちるように〟飛行してきて、相当な高速度で着陸した。離陸から着陸までの時間はわずか五〇分ほどであった。モハベ砂漠は、大昔、湖の底（Lakebed）であったため、見渡す限り、干上がって硬くなった平らな地面が広がっており、滑走路の場所は一応決められているものの、緊急時や必要なときは、何時でも、どこでも離着陸できる。第二次世界大戦後、この砂漠の上空で多くの新しい航空機の試験飛行が行われ、数々の記録を樹立してきている。

次の日であったろう、ロスアンゼルス・タイムズがこのシャトル試験飛行の概要を報じたが、その中に、世界初のPiggyback飛行を行ったのは第二次世界大戦中のドイツ軍であるという記事が載っていた。それを松浦さんに紹介すると、彼は、旧日本海軍は同じ頃、既に同様の飛行を実施していた、という意味のことを言われた。松浦さんは、太平洋戦争中、海軍技術将校として横須賀の海軍航空技術廠（空技廠）でゼロ戦を初め数多くの海軍機の開発・飛行実験に携わった経験を持つ。戦後、日本が独立を回復した後、航空宇宙技術研究所の所長を経て宇宙開発事業団の副理事長、理事長を歴任した。温厚な性格で、技術開発に対しては非常に厳しい姿勢を貫いた人で、航空宇宙分野では私の世代の大先輩にあたる。なお、戦後、〝空技廠〟出身の多くの技術者は新幹線を初め、各方面の産業技術開発に大きく貢献した事実を付記しておきたい。

青空の広がるモハベ砂漠。涼しく快い夏の早朝、我々が目撃した記念すべきシャトルの試験飛行は極めて短い時間にあっけなく終った。我々一行は、その後、同じエドワーズ空軍基地内にあるNASAドライデン飛行研究センターを見学して、その日の午後、ロスアンゼルスに戻った。

その後、試験飛行の一連の写真を収めた一枚のパネルがＮＡＳＡ国際部から送られてきた。余白に“ENTERPRISE AUGUST 12th 1977”と書かれている。フロッシュ長官の短い手紙も添えられていた。

砂漠の中のスペース・シャトル見学旅行は既に三五年前のことになる。このときの松浦さん、東郷大使ご夫妻、ＮＡＳＡ関係者など、多くの方が既に鬼籍入りされた。この一連の写真を眺めていると、夏の砂漠の風景やそこで出会った多くの人たちの生き生きとした面影が浮び上がってくる。あの頃はまだ、古きよき時代であったのであろうか？

（二〇一二・一二）

Ⅲ

マルヴィーダの『回想録』

京都にて――マルヴィーダとの出会い

私がマルヴィーダ・フォン・マイゼンブーク（Malwida von Meysenbug）という女性の名前に遭遇したのは、京都で学生生活を送っていたときのことである。その頃私は、音楽と多くの友人達に囲まれて恐らく生涯で最も幸福で充実した日々を過ごしていた。大学の音楽サークルには、文学、法学、経済学、理学、工学、医学など多くの専門分野で学ぶ学生たちが参加しており、我々は音楽愛好家としてピアノやヴァイオリンを弾き、歌曲を歌い、作曲を続け、また暇さえあれば音楽談義に花を咲かせ、（殆ど学業を放り出して）日々〝音楽する〟生活を楽しんでいた。先輩や友人の中には、大学卒業後プロの音楽家への道を選んだ人も何人かいた。

その頃の我々にとって、音楽とは広い意味でのドイツ音楽を意味しており、バッハ、ハイドン、モーツァルト、ベートーヴェン、シューベルト、ブラームス、シューマン、ワーグナーなど偉大な作曲家達の音楽を最も好んで聴き、かつ演奏のための練習に励んでいた。

私の最も好きな音楽はモーツァルトとシューベルトであったが、同時にベートーヴェンの音楽とその人物に大きな興味を持っていた。当時私は、ベートーヴェンの音楽や生涯に関する多くの解説や伝記を捜しては読み進んでいたが、その中で、ロマン・ロランのベートーヴェン研究に最も深い感銘を受けた。それはベートーヴェンをその音楽と人間性の双方から深く掘り下げたものであった。

私は、それまでにロランの『ジャン・クリストフ』や『魅せられたる魂』を読んでおり、この作家をロマンチックかつ情熱的な人物と捉えていた。私が彼の現実的で政治的な面を見出すのはもっと後になってからのことである。

ベートーヴェンの生涯を調べるため、私はロランの多くの作品を（翻訳により）読んでいたが、あるときマルヴィーダ・フォン・マイゼンブークという名前に遭遇した。それから間もなく私は、ベルタ・シュライヘアの書いた『マルヴィーダ・フォン・マイゼンブーク』を片山敏彦の翻訳本（みすず書房、一九五七年刊）で読んだ。片山敏彦はロランの作品を日本に紹介する仕事にその一生を捧げたといってよいだろう。私は、マルヴィーダという人物の一端をロランとシュライヘア女史の作品から、いずれも片山敏彦の翻訳で知ったのである。

その頃私が抱いていたマルヴィーダの印象はロマン・ロランの『内面の旅路』（みすず書房、片山敏彦訳）に書かれた次の一節によく表されている。

「マルヴィーダは、生涯じゅう、精神の英雄たちや怪物たち（ニーチェ、ヴァーグナー、リストなど）の側で暮し、彼らの悩みと彼らの汚れの側に生きてきていた。彼らのすべてが彼女に、心をうち明けたのであった。彼らのすべてが彼女を愛したのであった。そして、何ものも彼女の思想の清らかさを濁すことはなかった。〔……〕彼らを、私はマルヴィーダの裡《うち》にみた――生きている人たちよりも更に生きている、このすぐれた、亡き人々の種族の全部を見た。マルヴィーダは、この種族の最後の人であった。彼女は彼らの使命の伝達者であった。そして、マルヴィーダが、その使命を私に手渡したことを私は知っている。」

ロスアンゼルスにて――マイゼンベルグ女史って誰？

私は若いとき、マルヴィーダの『一理想主義者の回想』及び『一理想主義者の晩年』の原書を東京の古本屋を通して手に入れた。これは二巻本で一九一八年にベルリンで出版されたものである。この貴重な本を入手したことは幸運なことであったが、一方困ったことに、これは全編〝ドイツ文字〟（所謂ひげ文字）で印刷された代物である。

航空宇宙科学の科学者として、私は若いときにドイツ語を学び、専門書や論文やいくつかの文学書などを読んでいた。しかし、ひげ文字には馴染むことができず、これが頭痛の種であった。かてて加えて、私は、宇宙開発事業団で長年〝仕事中毒人間（Workaholic）〟として多忙な日常生活を送っている間に、ドイツ語の語彙を相当量失っていた。宇宙開発の国際協力で用いられる共通語は英語であったので、私にはかれこれ二〇年以上の間ドイツ語を使う機会はなかった。

一九七六年から一九八〇年の間、私は宇宙開発事業団の駐在員としてロスアンゼルスに滞在した。あるとき私は、『回想録』の英語訳が第二次世界大戦の直前にアメリカで出版されていたことを知るに至った。

早速市内の小さな古本屋に英訳本を注文して二、三週間経った後、私はこの本屋に立ち寄った。中には、おそらくこの本屋の店主であろう、上品な中年の女性が静かに腰掛けていたが、私を見つけると、立ち上って奥の方から一冊の古本を取り出してきてテーブルの上に置いた。そして、いきなり尋ねてきた。

「マイゼンベルグという女性はどういう人なのですか？」

「いいえ、彼女の名前はマイゼンベルグではないのです。マルヴィーダ・フォン・マイゼンブークというのです」私は少し得意になり、マイゼンブークというところに幾分力を入れて答えた。店主の質問は収まらない。

「この女性はどんな人物なのですか？　何をした人なのですか？」

私はマルヴィーダのことを分かりやすく説明しようと試みた。

「彼女は芸術家で作家です。その上彼女は、ヴァーグナーやニーチェやリストやロマン・ロランなど一九世紀ヨーロッパの偉大な芸術家達の友人で、理解者で、精神的な支援者だったのです。それに、……」

なかなか思うように言葉が続かず、言いよどんでいたとき、女性店主の方から助け舟を出してきた。

「つまり、この女性はこうした偉大な芸術家たちのパトロンだったのですね」

私は「ええ、まあそうですが……でも、彼女自身偉大な人物だったのです」と口ごもりながら答えた。これが当時、ロスアンゼルスでマルヴィーダの生涯に興味を抱いていたであろうアメリカ人女性とマルヴィーダについて交わした短い会話である。

この英訳本は『黒衣の反逆者』【注1】という題名で、原書を凡そ三分の一程度にまとめた縮刷版として一九三六年にニューヨークで出版された。それは、第二次世界大戦勃発の三年前、世界中が政治的に最も緊張していた時期であった。

エルフリーデ・ハイゼ女史（マルヴィーダ・フォン・マイゼンブーク協会・初代代表）の友人や協会会員のニッケル氏が指摘したように、この英訳本には文献学の観点から見て多くの欠点があることを私は理解している。また、ドイツ語から翻訳された英語の文章が英語として相当ぎごちないという印象を受ける。最も私は、母国語でない言語にケチをつける資格のないことを充分承知した上で批評しているのであるが……。さらに、この英訳本が原書の内容の一部を紹介しているに過ぎないことも承知している。

こうした欠点を持つにも拘わらず、私は、この本が第二次世界大戦前の英語圏で一定の役割を果たしたことを評価したい。また私自身、この英訳本のお陰でそれまで持っていたマルヴィーダ像を改め、拡充することが出来たことも事実で、例えば、マルヴィーダが極めて現実的で政治的な側面を持っていたことを学んだのである。

日本にて――マルヴィーダはどのように紹介されてきたか

わが国でマルヴィーダについて書かれた本は少ない。片山敏彦は翻訳と著書を通してロマン・ロランとマルヴィーダ・フォン・マイゼンブークを紹介している。片山は、ベルタ・シュライヘアの翻訳の他に、『ロマン・ロラン』という本を書いているが、このうちの一章はマルヴィーダの生涯を簡単にまとめたものである。

これら片山敏彦を通して私が理解した範囲では、マルヴィーダは純粋な理想家でロマンチストであり、崇高な愛と芸術と夢のために生きた女性であった。ニーチェ及びヴァーグナーの伝記にも彼女のことが僅かに描かれてはいるが、概ね片山の観方が踏襲されている。一方、人名辞典の中に、要点を非常に簡潔に紹介している例もある（下記参照）。

「マルヴィーダ・フォン・マイゼンブーク」（『岩波西洋人名事典　増補版』）

1816.10.28-1903.4.26.　ドイツの女流作家。政治家のマイゼンブーク（Wilhelm von M. 1813-66）の妹。早くから労働問題、婦人問題に興味をもち、ロンドンに赴いて（1848）[注 2]、ゲルツェンの娘の家庭教師をした（59 迄）。のちパリ（61）、ローマ（77）等で文筆活動を営み小説や評論を書いた。（W.R.）ヴァーグナー、ニーチェ、（F.v.）リスト、ガリバルディなど当代の名士と親交があり、また（R）ロランを啓発した。回想録《Memoiren einer Idealistin, 3 巻 , 1876》は、当時の婦人運動や同時代人の動静を記述している。

ロマン・ロランの晩年を飾る作品『内面の旅路』には、マルヴィーダの思い出が彼独特のタッチで描かれている。これによって、ロランの眼を通してマルヴィーダという人物を理解することが出来る。私の知る限り、マルヴィーダに関して日本語で出版された本はこの位である。彼女の人物と思想の全体像を紹介する文献はまだ出版されていない。

カッセルにて——マルヴィーダ・フォン・マイゼンブーク協会との出会い

マルヴィーダをもっとよく理解するために、私はドイツ語の勉強をし直さなければならないのだが、ここで、自身のドイツ語能力の問題を棚に挙げた上で、ひとつの提案をしたい。それは、彼女が一九世紀に生きた真実の姿を探り、さらにその現代的意義を見出すためである。

その提案とは、当協会が『回想録』の正確でまっとうな英語訳を編集・出版すべきだということである。原書の完全な翻訳でもよいし、適切な注釈付の縮刷版でもよいだろう。大変な労力を要する仕事であるが、しかし、それだけの努力に値することであるものと信じている。

マルヴィーダは、歴史的に重要な人物であり、彼女の生涯と思想はもっと国際社会で理解されてしかるべきである。しかるに、世界にはドイツ語を知らない人々が多い。例えば、殆どのアメリカ人はドイツ語を理解しない。ドイツ語の分る日本人もごくわずかである。

何十年か前のこと、一九二〇年から三〇年代頃のわが国では、文学を愛好する大学生はロマン・ロランの『ジャン・クリストフ』を英語訳で読んだという。何故ならその頃、原書（フランス語）の邦訳はまだ出版されておらず、多くの学生はフランス語に通じていなかったのである。私の世代は恵まれていた。というのは、私の若い頃、ロマン・ロランの作品は既にかなり邦訳されており、更なる邦訳の出版が進行中であった。

マルヴィーダの〝国際版回想録〟は世界中の多くの人々に歓迎されるに違いない。彼女はただ単に一ドイツ人女性であっただけではなく、彼女の思想と活動はその生涯を通して国際的広がりを持っていた。さらに、その人生の一時点に於て、彼女はアメリカに移住する考えを持ったことがある。彼女の全生涯が国際的であった。

我々の現代社会は、社会システムが大きく変わった一九世紀の延長線上にある。この急速な社会変革は、イギリスに始まった産業革命によるところが大きい。マルヴィーダは、一九世紀の中頃ロンドンに亡命したが、丁度この頃、この地で第二次産業革命が進行中であった。ロンドンという大都市の市民生活様式が大きく変わりつつあったとき、マルヴィーダが身の回りの生活の状況を飾らずに記述している様は大変興味深い。彼女は、当時のロンドンに於る普通の市民の生活ぶりについて、その陽のあたる部分と影の部分の双方を実に生き生きと描写している。

アジアの片隅にあった日本は、こうした欧米の動きから決定的な影響を受け、その結果、一九世紀後半、日本の社会システムは完全に変わったのである。マルヴィーダはヨーロッパに於る一九世紀の重要な社会変革に参加し、その証人となった人物である。彼女は、変動の激しい現代文明社会に生きる我々に貴重なメッセージを遺しているに違いない、と私は信じている。

私が初めてカッセル市を訪れたとき、マルヴィーダ生誕の場所を見つけ、また、この地にマルヴィーダ・フォン・マイゼンブーク協会が存在することを知ったが、そのときの貴重な体験を今ここで書く時間的余裕がない。一九九七年の春、初めて（協会代表の）エルフリーデ・ハイゼさんにお目にかかったとき私は、「この次からドイツ語でお話ししたいと思います。でも今回はまだだめですよ」と（英語で）言った。私の〝この次〟は、その後もずっと続いている。私の〝この次〟が〝本当のこの次〟になることをいつも願っているのであるが。私の願望は、マルヴィーダの生涯と思想を簡潔に日本語で紹介したい、ということである。それが実現するまでに、私は、彼女の作品を（原書で）熟読し、また当協会の研究活動に参加することによってマルヴィーダという人物をもっと深く理解しなければならない。当協会の全会員の方に、（この拙文を長らく待って頂いた）忍耐と支援に感謝します。

（二〇〇二・一二）

【注1】英訳本は“Rebel in Bombazine”という題名で、マルヴィーダの兄弟（又は姉妹）の孫娘に当たると思われるElsa von Meysenbug Lyonsが英語に翻訳したものを基に編集したものである。因みにBombazineとは、絹の綾織物で仕立てられた、光沢のある女性用黒色服で、一九世紀当時、教師、知識人女性、未亡人等が着ていた。また、喪服としても用いられた。マルヴィーダも愛用していたらしい。

【注2】これは間違い。ヨーロッパ全土に及んだ一八四八年革命の後、反革命側が勢力を盛り返し、このためプロシャの警察は革命思想のみならず民主主義思想をも危険思想として厳しく取り締まり始めた。身の危険（逮捕）を察知したマルヴィーダが友人のつてを頼ってロンドンに亡命したのは一八五二年のことである。

後記

本稿は、もともと筆者が英語で書いた内容のものを和文に直して若干加筆したものである。英語版はマイゼンブーク協会の編集者がドイツ語に飜訳して「マルヴィーダ・フォン・マイゼンブーク没後一〇〇周年記念論文集」（当協会の年報特別号）に「マルヴィーダ『国際版回想録』への期待」の標題で掲載された。本文中、筆者がロマン・ロランの作品から引用した部分について編集者は、フランス語、日本語、英語、ドイツ語の間の重訳による誤解が生じないよう、直接原書（フランス語）にあたって詳しい注釈をつけている。なお、この記念文集は二〇〇三年四月二六日にカッセル市で行われた「マイゼンブーク歿後一〇〇周年記念式典」に合せて出版された。

青春時代の思い出に
――学生のための読書論――

『馬鹿について』

いきなり馬鹿などという言葉が出てくると怒りだす人もいるかもしれないけれど、鬼面人を驚かせるつもりもなく、至極マジメな本の話をしているのである。ドイツの精神医学者ホルスト・ガイヤーの書いたこの啓蒙書（満田久敏・泰井俊三共訳、創元社）については以前、作家の北杜夫がある新聞で紹介したことがある。ガイヤー先生の説によれば、馬鹿とは知能の高低の問題ではなく、知能の正常な馬鹿もいれば、知能の高すぎる馬鹿もいるそうである。古来、日本では、真面目で勤勉なことが美徳として礼賛されてきたが、そしてそれ自体は良いことなのだが、それにしてもバカまじめでユーモアも解さない人が多すぎるのではないか？　ガイヤー博士は言っている。「勤勉は馬鹿の埋め合わせにはならない。勤勉な馬鹿ほど、はた迷惑なものはない」。また曰く。「馬鹿にはユーモアがない」と。

人はいずれ老いてゆくもので、青春時代もたちまち過ぎ去るものだ。貴重な青春時代を専門の知識を習得することのみに費やすのは如何にも寂しい人生であろう。人は「本を読むこと」によって、多くの先輩達の思想や経験や創造したものを〝追体験〟し、また過去の歴史の記憶を呼び起こすことが出来る。学生諸君は、将来心豊かな人生を送るためにも、また、〝専門バカ〟などと言われないためにも、読書を通して己の感性と個性を伸ばして欲しいものだ。

文学入門

平安時代のこと、『更級日記』の著者はその少女時代、「物語」をぜひとも読みたいと仏様に祈願し、願いかなって『源氏物語』その他の写本を〝をば〟からプレゼントされるや、寝る間も惜しんで一心不乱に読み耽ったという。誰でも若いとき、そのような経験を経てきたに違いない。少年時代、『宝島』『レ・ミゼラブル』『三銃士』『モンテ・クリスト伯』『鉄仮面』などに夢中になった人は多いであろう。

私が高校に入学した頃の日本は戦後復興の途上で、我々は皆貧しく、一般の家庭にはまだテレビというものがなかった。田舎の高校生にとって、本こそは宝物であり、娯楽であり、生きがいであった。休日には、M・ミッチェルの『風とともに去りぬ』、H・ヘッセの『郷愁（ペーテル・カーメンツィント）』を初めとする作品、ゲーテの『若きウェルテルの悩み』、ロマン・ロランの『ジャン・クリストフ』などを読んだ。夏目漱石、島崎藤村、寺田寅彦、中島敦、小林多喜二などの著書を図書室から借り出して読んだのもこの頃のことである。乱読気味であったが、私などはまだ〝おくて〟の方で、同級生や一年上の先輩の中にはニーチェの哲学書や西田幾多郎の『善の研究』を読んでいる生徒もいた。

私は漱石の主要作品を高校時代に殆ど読んだ。ただ、後年振り返ってみて、どの位理解できていたか、となると甚だ心もとない。年を経て『虞美人草』『草枕』『三四郎』『それから』『門』などを読み返す度に、漱石の世界に新しい発見をするからである。また、私は森鷗外を若いとき読まなかった。古臭いという感じから逃れられなかったからである。四〇代に入って『舞姫』『雁』『阿部一族』『高瀬舟』などを読んだとき、江戸から明治に至る時代の人間を描いた鷗外の世界に時代や社会体制の違いを越えて共感するところが多いのに我ながら驚いたものだ。

現代文学について言うなら、私が太宰治に親しむようになったのは、大学を出てすぐ後のことで、かなり遅かった。文学青年であった友人の説によれば、太宰治に本当に引き込まれると熱を出して寝込むのだそうで、後追い自殺をした人もいるそうである。幸い、私は寝込まずに済んだ。私は一般に多く読まれている晩年の『斜陽』『ヴィヨンの妻』『人間失格』などよりも、精神的に安定していた中期の『津軽』や短編の『富岳百景』『駆込み訴へ』などの方が好きである。

同じ頃読み始めた坂口安吾については、小説よりも『青春論』『日本文化私観』『堕落論』に代表される評論に独特の迫力と魅力がある。中でも『堕落論』は終戦直後に書かれたもので、当時の若者に強烈なインパクトを与えたという。安吾の評論は文明批評であり日本人論でもあるのだが、その論旨は極めて簡明直裁で力強い。今でも、多くの若者の共感を呼ぶであろう。例えば、戦時中に書かれた『青春論』の中で安吾は、宮本武蔵を剣の達人ということ以外の面で徹底的にこき下ろしている（どのようにやっつけているかといえば、それは自ら読むのが一番である）。また、『真珠』という短編は一九四一年一二月八日、日本軍がハワイのパール・ハーバー（真珠湾）を奇襲攻撃した日に焦点をあて、世の緊張感を背景にしながら安吾自身の奔放な私生活ぶりを描いたもので、戦況が悪化してきたとき発禁処分になったそうである。

日本人って何？

いわゆる日本人論には幾つかのブームがあるのだそうで、ルース・ベネディクトが太平洋戦争中に書いた『菊と刀』は既に古典と言ってよい。最近では、イザヤ・ベンダサンの『日本人とユダヤ人』（一九七〇年）以来、山本七平は、自身の戦争体験を基にして日本人の考え方・集団行動・組織論など、極めてユニークな日本人論を展開してきた。『私の中の日本軍』『存亡の条件』『空気の研究』等を通して彼の追及し続けたものは、つまるところ「日本人とは何か」という永遠のテーマであった。

私の世代は、直接の戦争体験はないものの、その影響や被害を存分に受けてきた。そのためであろう、私は若いときから明治以降の「日本と戦争」に強い関心を持ち、多くの伝記やノンフィクションを読んできた。その中の白眉は、石光真清の自伝四巻『城下の人』『広野の花』『望郷の歌』『誰のために』であろう。〝国益〟のために一生を捧げた（そして裏切られた）一個人を通して描いた日本近現代史であり、近年これ程面白い本はない。

前途有望なる学生のために

私が若いとき読んだものの中から今の若い人に薦めたい本を幾つかリストアップしておこう。教育委員会では推薦できないものもあるので要注意。

北杜夫『どくとるマンボウ青春記』他、中島敦『李陵』『名人伝』、藤原てい『流れる星は生きている』、和辻哲郎『鎖国』（日本史と世界史の衝突・邂逅に関する考察）、ガイ・エンドア『パリの王様』（『モンテ・クリスト伯』など多くの傑作を書いたアレクサンドル・デュマの破天荒な生涯）、シラー『群盗』、シュトルム『みずうみ』、マイアーフェルスター『アルト・ハイデルベルク』、モーム『お菓子とビール（Cakes and Ale）』『雨（Rain）』『赤毛（Red）』（原書でStory-tellerの面白さ百倍）、サロイアン『人間喜劇（The Human Comedy）』『僕の名はアラム（My Name is Aram）』（高校一年の英語でユーモアとペーソスの味）、ロスタン『シラノ・ド・ベルジュラック』、スタンダール『カストロの尼』、ラディゲ『肉体の悪魔』、カミュ『異邦人』、ロマン・ロラン『ゲーテとベートヴェン』、萩原朔太郎・三好達治・中原中也の詩集。最後に、わが国古典の代表として『平家物語』をぜひ原書で。

これから風の冷たい季節になる。学生諸君は朝寝坊しないよう、単位を落とさないよう、遊び過ぎないよう、しかしまた同時に、ユーモアの精神を忘れず、こたつで本を読み、勉学にも励んで欲しい。健闘を祈る。

（二〇〇三・一〇）

今どきの若いもの

いつ頃のことであろうか、古代アッシリアの遺跡で発見された文字を考古学者が解読したところ、「今どきの若いものは実に困ったものだ」と書いてあったという（随分前、何かの雑誌で読んだ記憶がある）。メディア教育開発センターによる調査の結果、わが国の学生の日本語力は中学生レベルであることが判明したという報道があり、マスメディアは今更のように驚いて見せた。これも、二一世紀の今日なお繰り返される「今どきの若いもの」論の典型であろう。

私は、一般論として、今の若者が困ったものだとは考えていない。但し、ことが日本語、即ち国語の問題になると話は別で、本当に困ったことだと考えている。

昨年（二〇〇四年）三月に静岡大学を定年退官するまで、私は八年間にわたって若い学生に囲まれて過したが、この間、（授業は別にして）卒業研究と大学院修士論文のために私のところで研究生活を送った学生は五〇数名になる。航空宇宙工学を標榜するわが研究室には希望者が多く、それ故（それにも拘わらず？）集まった学生は概ね優秀であった。個性豊かでユニークな学生が多く、また、私と同様に夜型の学生が多かったので、よく飲みよく議論した。このような機会を通じて私は逆に学生から学ぶことが多かった。

彼らの能力・資質・素養について言えば、専門の分野で〝先生〟を超える学生はいなかったが（当り前だ）、専門以外の分野や常識の点では先生より優れた学生が何人かはいた。しかし、誰も私に追いつけない分野があった。外国語（主に英語）と国語である。現在只今の学生の日本語力が中学生レベルだ、という報道に私は驚かない。今の学生は我々の時代に比べて、（マンガや週刊誌の類を除いて）読書量が極端に少ないので、当然といえば当然のことかもしれない。私の目に留まった幾つかの実例を見てみよう。

「思考錯誤を重ねる」「好きこそものの慣れ」「ビタミンの欠亡」「他国間にまたがる問題」「最近の以上きしょう」「脳んでいる」「航空気の速度」等々。

これはほんの一例であるが、試験の答案やレポートなど、学生の自筆になるもので、ワープロのミスではない。しかも、成績の中位以上のレベルに属する学生の〝創作〟である。「思考錯誤」は、自分の考えが間違っていることを示す新作熟語と言えるかもしれない。「脳んでいる」は、脳ミソを絞って悩んでいるようで同情したくもなる。「航空気」は、空気の中を飛ぶものからイメージしたのであろう。最近、数学者の藤原正彦教授（お茶の水女子大）が講演会で述べている。

「今、日本の学生が（アメリカの学生と同じように）国語を書けなくなってしまいました。昨年（筆者注　二〇〇二年）四月から小学校の総合学習という時間で英語やパソコンを教えるようになりました。これはもうほとんど驚くべき暴挙です。」（『学士会会報』八四二号・二〇〇三年九月）

しかしながら、このような国語力低下の問題は、今の大学生だけの問題ではない。二〇〇四年の初め、学内の情報誌が「定年退官予定教官紹介」の欄を設けて各教官の「学生に一言」を掲載した。私の寄稿した〝一言〟は以下の通りである。

「世相は流れる雲のように変転極まりなく、あはれ、象牙の塔もカイカクの果てに不条理の世界に迷い込む春を迎え、静大を辞去するに臨み学生諸君に一言。「自ら反《かえり》みて縮くんば、千万人と雖も吾往かん」（孟子）の精神を忘れずに。

私自身は、モーツアルトと銘酒を友に自適の人生第四楽章を送りたく。Allegro ma Non troppo で。げに下戸ならぬこそをのこはよけれ。さらば、また会う日まで。」

程なくして、ある学内関係者と称する方から電話があり、私のこの一文について質問があるという。「〝雖も〟は何と読むのか。孟子のこの一節の意味は？　また、〝下戸〟は何と読むのか、その意味は?」と聞くのである。私のメッセージを読んで貰ったことには感謝するのだが、その質問には驚かされた。電話の主は若手職員、つまり平均的サラリーマンであると推測される。藤原先生の憂慮していることは今の学生に留まらず、相当広い年齢層にわたっていることに思い当り、慄然としたものだ。

旧日本海軍の山本五十六元帥の言葉が残っている。「いまどきの若いものは、などとは申すまじく候」(半藤一利の著書よりの孫引き)という。その通りで同感である。既に述べたように、私は「今どきの若ものは」と一刀両断する気は毛頭ない。私は、学生から、また卒業した教え子達から、多くのことを学び、また、我々同年代の者に比べて優れた資質や感性を持つ若者を多く見てきた。

繰り返すが、国語の問題は別である。「今どきの若いもの」の日本語力は確実に落ちている。これから先、ノーベル賞学者が何人増えようが、社会を支える大勢の日本人の国語力が衰退してしまっては、日本の文化の継承さえ危うくなってしまう。ただ、その責任を今の学生や若者だけに押し付ける訳にはいかない。思うに、元凶は文部科学省の指導方針にあり、何の理念もなしに朝令暮改を繰り返してきた学習指導要領のツケが回ってきた、といっても過言ではない。最近は「ゆとり教育」などという場当たり的方針を掲げる一方で、日本語力もろくに備わっていない小学生にBilingual目指して(?・)英語を教えろ、という。藤原先生の嘆くように、これはもう暴挙であり日本文化を滅ぼすものだ。

私は多くの学生に国際語である英語をもっと勉強するように、と言い続けてきた。それはしかし、国語力がしっかり備わっている、という暗黙の了解の上に立ったものだ。今の学生の英語力について付言すれば、（平均レベルで考えて）一般に発音がよく、易しい会話は我々より格段にうまい。外国人との接触の機会が増え、また、視聴覚機器の普及によるものであろう。しかし、読解力と文章表現力となると、いささか悲観的にならざるを得ない。私は、外国語の理解力の低下は国語力の低下と密接に結びついているのではないか、と思っている。

Bilingual の功罪についての考察は別の機会に譲るとして、結論だけ述べると、〝罪〟の方が遥かに大きいと断言できる。Bilingual（に近い）人間は概ね存在感が希薄でどこかボーッとしている、と観察する人もいる。母国語は人間の性格形成に必須のものだから、これも当然のことのように思えてくる。

若者に媚びてはいけない。ゆとり教育は間違いである。「鉄は熱いうちに打て」と言う。今の若ものの国語力の問題は、霞ヶ関官僚の思い上った理念なき政策によるものであり、「今の若いもの」はむしろ犠牲者であろう。

〝耳順〟とは「修養ますます進み、聞く所、理にかなえば何等の障害なく理解しうる」（広辞苑）ということであるらしい。果して修養ますます進んだかどうか、自身の現状に照らして甚だ心もとないが、しかし私とて日夜、下戸ならざることを神に感謝しつつ、日本の近未来のことを心配しているのである。

（二〇〇五・一）

この頃都にはやるもの

「此頃《このごろ》都にハヤル物　夜討・強盗・偽綸旨《にせりんじ》――」この二条河原落書は今から七〇〇年近く前、南北朝時代初期に庶民の風刺した世相であり、それはまた同時にオカミ（為政者）に対する批判でもあった。よく読むと、何やら昨今の世相を先取りしているようにも感じられる。事実、わが国の政治経済社会の状況はまさに「終りの始まり」の観を呈している。

戦後の日本は、独立後半世紀の長きにわたって官僚主導の下にほぼ「一党独裁政権」が続いたおかげで、オメデタイ国になったものだ。現在只今、一〇〇〇兆円（年間の国民総生産額の約一・五倍）にのぼる借金を抱え、それはさらに毎年増え続け（にも拘らず政府は気前よく海外援助を続けているが）、国民の個人財産である預貯金一四〇〇兆円が消えて無くなるのは時間の問題らしい。「この国民の個人財産をあと五年で政府が使い切り、近い将来、わが国の財政は破綻し、悪性インフレに見舞われる」と予測する専門家もいる。

国民の生命財産を守るのは〝政府の責務〟である、と政治家はことあるごとに言うが、ホントかね？　これだけ多額の借金を生み出したのは政府と万年与党の大きな失政であるにも拘らず、為政者はことの重大さを国民に知らせようとせず、また責任をとろうともしない。国民もまた、その結果責任を問わないだけでなく、最近の総選挙でその失政を追認した。もっとも、国の指導者が国民の生命財産を守らないのは、わが国の伝統であるらしい。先の戦争では、多くの国民が生命と財産を失った。我々の親の世代は徴兵や空襲によりその生命と財産を犠牲にし、また、直接空襲の被害を受けなかった場合でも、多額の戦時国債を買わされた挙句、敗戦とともに紙くずとなる苦渋をなめてきた。時の指導者は国民に対して何の結果責任も取っていない。今また同じ事が起きようとしている。

最近、高層建築物の耐震強度偽装問題が発覚したが、これなどは、〝民営化の成れの果て〟の姿そのものだ。衣食とともに〝住〟は人の生命保持の基本であり、特に建築の基準を国民に遵守させるのは行政府の責任であるにも拘わらず、肝心の検査責任まで民営化してしまったことのツケが廻ってきただけのことだ。民間企業は、慈善事業団体ではなく、利益の追求を基本理念としているので、オカミの目の届かないところでは可能な限り良く言えばコストダウン、悪く言えば手抜きをする体質を持っていて不思議ではない。国から指定された民間の建築確認検査機関の責任者が「性善説に基づいて検査してきた」旨の発言をしていたが、冗談ではない。現実の人間社会の営みが性善説よろしく清く正しく行われているのであれば、そもそも「検査機関」など必要ない。法律も警察も必要ないであろう。

今から一〇年余り前、神戸大震災の二週間後、私はまる一日かけて震災後の神戸市内を歩き回った。その結果、倒壊した家屋やビルにはもともと何らかの欠陥があったに違いないという確信を持つに至った。何故なら、ある住宅販売会社のモデルルームにはヒビひとつ入っていないのに隣のビルは見る影もなく倒壊して死者が出たとのことで、周辺の大半は瓦礫の山なのだ。すぐ近くの郵便局（本局）の建物は、これまた無傷である（当時の郵政省関係の建築物は、世の常識を上回る建設費を投入するため、非常に頑丈に作られているという噂があった）。横倒しになった多くの民家を観察すると、その柱構造には〝筋交い〟が入っていなかった。

当時勤務していた宇宙開発事業団に、ある官庁からの出向者で土木建築の現場に詳しい男がいた。彼の説によれば、（その頃の）大手建築会社は建築基準法以外に社内慣行基準と言うべき「地域係数」に基づいて施工している、という。それは各地域別に決めた三段階の構造強度係数で、一番厳しい（強い）のが関東・東海地方、一番甘い（弱い）のが関西であるという。地震はまず起きないと言われていた神戸が壊滅状態になったのも肯ける。ひどいのはダムの建設現場で、工事が終盤にかかり、厚さが二〇メートル以上もある壁（堤防）にコンクリートを流し込む段階になると、作業者は監督員の目を盗んで現地の事務所や休憩所などで使っていた机や棚などの木材をその生コンの中にどんどん投げ込む（つまり、Volume を稼ぐ）のだそうで、監督者は一時も油断ができない、とのことであった。

今回の耐震強度偽装問題で、多くの高層ビルで構造計算書の強度なるものが基準値より低い値で設計された建物が今にも崩壊しそうな騒ぎとなっているが、私は、もっと恐ろしいことは、設計より施工上の手抜きであると思っている。例えば、神戸大震災のとき、高速道路の一部が崩落して死者もでた。ところが、震災二週間後に私が見に行ったとき、周囲の民家などは瓦礫のまま放置され、多くの道路は車が走れない混乱状態の中で、高速道路の崩落箇所だけは実にキレイに片付けられていた。高速道路の復旧が緊急を要することは理解できるのだが、周囲の混迷の度合いとの差が余りにも大きいことに私は違和感を持ち、この崩落は手抜き工事によるのでないかと（一瞬）疑ったものである。（後日談。構造力学を専門とする一友人の説によれば、このときの崩壊の原因は、恐らく、道路を支える支持構造の設計上のミスによるもので、必ずしも、手抜き工事の所為ではないようだ、とのことである）。

一方、丁度一年前にロスアンゼルス近郊のNorthridgeで起きた地震で崩落したFreeway（自動車専用道路）を視察した日本の調査団（行政官と専門家）は、「このようなことは日本では絶対に起きない」と公言したそうである。その後、カリフォルニア州の担当者は、丁度一年後の神戸地震の実態を知るに及んで、また、日本から何の連絡・報告もないため、相当に怒っていたそうである（これは、Northridgeに住む日系二世の知人から聞いた話である）。いずれにしても、このような事態が起きたとき、特に公の機関は、復旧が二～三日程度は遅れても、調査をきっちり行うべきである。また、その調査報告を公表し、（今回の場合など）カリフォルニア州の担当部署にも送って情報を共有すべきであった。

そもそも機械システムや乗り物の設計に限らず、土木建築の設計に於ても、予測最大荷重に対して安全係数を二または三、或いはもっと大きな値に設定している筈だ（安全係数は対象によっても違う。高速道路の安全係数に関して、私は正確な数値を知らない。また、関係者はなかなかはっきり言わない）。しかし通常、理論計算した荷重の少なくとも二倍から三倍、或いはそれ以上の荷重に耐えるように設計するのが普通である。因みに、極限設計の見本である大型民間輸送機の（主構造体の）安全係数は破壊に対して一・五である。つまり、理論上の最大予測荷重の一・五倍までは破壊しないように設計している、ということである。

地上の建築物の場合は、理論上の最大予測荷重の二倍、三倍程度までは破壊しないように設計している訳であり、当該建物の設計強度が、設計基準値に対して、〇・五以上あれば、まず「当面は大丈夫」と考えるのが常識であろう。基準に対して設計強度が〇・八五位のマンションが今にも崩壊・倒壊するかのようにマスコミが騒ぎ立てるのは間違いである。むしろ、用心すべきは手抜き工事であろう。

多くの人口を抱えながら資源のない日本は、何事につけて過当競争になるのは当たり前で、その上、今の日本は、資本主義を国是とし、〃アメリカのGlobal Standard〃と（最近の総選挙で明らかになったように）〃拝金主義〃を政府与党が奨励しているのだから始末が悪い。豊かさの価値観が単に物質面のみでは文化が廃れるのも道理である。営利・効率万能の「エセ民営化の成れの果て」は、日本社会固有の（特に田舎の）コミュニティを崩壊させ、弱肉強食の荒野を造り出す。国が責任を持つべきことを国が放棄すれば、国は滅びる。現に今、全国の森林と地方の過疎地域は荒れ放題で、それは我々の出身地（長野県）の現状を見ても理解できる。それほど民営化が良いことであるのなら、自衛隊も霞ヶ関官庁も民営化するべきであろう。効率はさぞかし向上するに違いない。

このまま郵政民営化が進めば、地方は一層荒廃し、また国民の財産が危機に瀕することになるだろう。そのとき、国民がだまされたと気がついても遅い。その上、民営化となっても無責任な官僚の天下りは増える一方で、官僚王国は安泰なのだ。

本来改革すべきは、政府管掌の法人（と一部の公益法人）及びそれを官僚が牛耳るメカニズムとしての「天下り」である。これらの法人は、原則として一旦廃止すべきで、その上で国がなすべきことは国が直接管理すべきなのだ。いい例が大学改革で、カイカク騒動の果てに国立大学法人なるものが全部で九〇近くできたが、（文部科学省の）天下り官僚の数は三倍増（三割増ではない！）になった。日本の高等教育のレベルはこれから下がる一方となろう。これが「改革」という名の〝官僚統制による民営化〟の実態である。

憲法改正の動きも奇妙で、国と国民のあり方を決める〝公〟の基本を首相の〝私的〟諮問機関が決めるというのだから、いい加減さも極まった感がある。憲法第九条第二項を変えて戦争のできる国にしたいらしいが、それでは国家元首は誰なのかね？　行政府の長（首相）が〝天皇と国民を代表して〟宣戦布告をし、はたまた敗戦の通告を行うのかね？　はて、日本は三権分立の民主主義国家の筈だが。先般の総選挙で見たとおり、行政府の長（首相）が〝国権の最高機関〟である筈の立法府（衆議院）をいとも簡単に解散できるのだから、日本に独立した立法府は無いに等しい。つい先日、ニューヨーク・タイムズが日本の政治体制は中国や北朝鮮の（一党）独裁国家と本質的に変りない、という記事を載せたそうな。現状、行政府の官僚が殆ど全ての法案を作り、殆どの国会議員は法律を作る能力も専門スタッフも持っていないのだから、これは正しい観方であろう。

ここ迄来て、「戦後民主主義」とは一体何だったのかと考え込まざるを得ない。やはり、敗戦直後のオカミ、つまり戦勝国（GHQ）から与えられたものを只ただ有難がって受け入れただけのことだったのか？　近い過去もそうであったように、現在の日本は、多くの国から「原理原則を（いくら決めても）守らない、融通無碍で時流に流されて何をするか分らない国」と恐れられている。昭和の戦争がそうであったし、三〇年ほど前にはハイジャック犯と交渉して超法規的に既決囚を解放した。今また、戦争を放棄して武力を持たない日本国の「軍隊」がイラクに「出兵」している。普通の国の普通の人がこのような日本を恐れ、信用しないのは当然だ（アメリカ政府も本音のところ、日本を信用していない、という見方がある）。

いい加減この辺で、わが国は原理原則を明確にした上でそれを守る「普通の国」「普通の民族」になるべきであろう。それには「長いものには巻かれろ」式国民性から脱却し、我々個人が「個の確立」という作業をし続けて行くしかないのであろう。それがまた民主主義の基礎なのだから。

半藤一利氏が提唱する「近代日本四〇年周期説」によれば、我々は今、第二の敗戦を迎える時期にあたるらしい。これが、新生日本を生み出す契機となる敗戦であれば、歓迎するのだが。

再び、二条河原落書に曰く。「御代ニ生（レ）テサマサマノ事ヲミキクソ不思議共」（この時代に生れたおかげで、様々のことを見たり聞いたりするのも不思議なことだ）。

（二〇〇六・一）

浜松随想

京都にて

既に一昔前のことになる。私が静岡大学工学部に教授として赴任することが決ったとき、高校時代のある友人【注1】が「静大は自由でのんびりした理想的なところだそうで、羨ましい」と言う。何でもその頃、彼の同僚が静大の人文系の教授になったのだそうで、東京から静岡まで週二、三回新幹線で講義に出かける以外は全く自由なのだという。工学部はそんな訳にいかない、と一笑に付したものの、彼の説の半分位は信じたい気持ちが私になかった、とは言い切れない。浜松に赴任後間もなく私は、以前から注目していた（市内の）ある小さなメーカー製のピアノを一台購入した。

私が本格的にピアノを始めたのは遅く、京都で学生生活を送っていたときに遡る。その頃は社会全体が大きく揺れ動いており、激しい学生運動が続き、我々学生はデモに明け暮れる日が多かった。一方で私は、音楽と多くの音楽仲間に囲まれて、生涯で恐らく最も充実した日々を送っていた。設立されてまだ日の浅いサークル「音楽研究会」（略称「音研」）は個人の活動が基本で、そこでは各人がピアノやヴァイオリンや歌曲に熱中し、或いは作曲を続ける中で、我々は暇さえあれば音楽談義に夢中になっていた。その上、年刊誌『音研』を編集し、専門家によるリサイタルも企画しなければならず、かくの如くオンガクをケンキュウするのに忙しいため、勢い授業は敬遠することになる。我々の大先輩でこのサークルの創立者でもある木村敏博士【注2】は、今や精神医学界の大御所であるが、医学部在学中の授業出席率は一二パーセントであった。それに比べると私などは至極マジメな方で、四割の〝高打率〟を誇っていた。

この音楽サークルに集う学生の技量も様々で、私のようにバイエル（初心者のためのピアノ教則本）から習い始める者から、音楽大学を受験しようかと迷ったセミプロ級まで千差万別であった。しかし、どんなに拙いものであれ、皆それぞれ、自分の音楽を創り出そうとひたすら努力していたことは事実で、実際、日常の練習や発表会で聴いた仲間の演奏からは、どんな名演奏家も及ばない感銘を受けたし、ましてや自分が全神経を投入して練習し、次第に曲の形が出来上って行くときは、何とも言えない快い喜びに浸ったものである。

このような雰囲気の中で私も、真理探究・学問研究を放り出して、毎日下手なピアノにかじりつき、この曲弾けるようになったら「単位」ひとつ落してもいい、などと本気で思いつつ、先生にも恵まれて毎週のレッスンも欠かさず通いつめた。次第にモーツアルトのソナタなどに打ち込むようになったが、中でも最大の難曲がシューベルトの「即興曲へ短調　作品一四二の一」で、四回生（四年生）の秋の定期発表会で弾いた。いわば私の「卒業演奏」であった。

その頃京都で聴いた数々の演奏会も忘れ難い。ルドルフ・ゼルキンの弾いたハイドンの傑作「ピアノ・ソナタ第五二番　変ホ長調」を我々〝音研在楽生〟全員が生れて初めて聴いて感動し、次の日、楽譜を見つけてきてケンキュウしたのもこのときのことである。イェルク・デムスの現代的なバッハ、バドゥラ・スコダのベートーヴェン最後のピアノ・ソナタ、ウィルヘルム・ケンプのベートーヴェン、ゲルハルト・ヒッシュのシューベルト「冬の旅」など、今も忘れられない。安川加寿子のショパン、それに当時国際的デビューを果した園田高弘や松浦豊明の新鮮なピアノ演奏も忘れ難い。

浜松にて

大学卒業後私は、東京・ニューヨーク・東京・ロスアンゼルス・東京、と何度か居を移し、最後はWorkaholicとなって多忙な日々を送って年を経てきたが、その間、音楽について言えば「聴く」ことだけが残ったと言えよう。多くの指揮者、ヴァイオリニスト、ピアニスト、歌手の演奏を聴き、また大好きなオペラも見てきた（私の一番好きなオペラはモーツアルトの「フィガロの結婚」で、少なくとも三〇回は見ている）。しかし自身のピアノは、時々ポロンポロンと叩く程度で、「歌を忘れたカナリヤ」になっていた。

浜松に赴任して、ピアノを傍に置いてはみたものの、教授職も当初期待していたほど暇ではなく、私はまともにピアノに取り組むゆとりも無いまま、定年退官の日を迎えることになりそうであった。内心忸怩たる思いでいたところ、最後の年に入って、研究室の学生と卒業生が私の退官記念講演会兼パーティを三月に開く計画を立てていることを知るに及び、あるアイディアが浮んだ。ピアノを弾いて〝静大を卒業する〟ことである。

問題は、腕が錆付いている上、長いこと人前で弾いたことがない。曲は易しくて楽しいものにしよう。私の好みから、やはりモーツアルトの連弾曲に行き着く。これは学生時代、いずれの年であったか、仲間の一人【注3】と一、二週間練習した後「新入生歓迎演奏会」で弾いたもので、易しくて楽しい曲という印象だけが残っている。

この曲は管楽器のための喜遊曲（Divertimento）をピアノ連弾用に編曲したもので、モーツアルトの若い時の作品である。連弾であるから、曲そのものは易しくても音が厚くなり、また「掛け合い」が入るので賑やかで楽しい（筈である）。しかし、連弾は一人ではできない（当り前だ）。さすがに神様は公平で、私の教え子の中にピアノの名手がいる。教え〝子〟といっても、今は大手企業で研究開発に励むLadyである。そのT女史にメールで恐る恐る問い合せてみる。この忙しい時期、「先生は下手だから嫌だ」とやんわり断ってくるのではないかと思っていたところ、「素敵なアイディアです」と引き受けてくれた。

さあ、それからが大変だ。易しい曲といってもそれは四〇年以上前、学業を放り出して音楽に夢中になっていた頃のことで、改めて練習し直してみると手が動かない、リズムが取れない、高音部と低音部の掛け合いのニュアンスがうまく表現できない。難しいのである。驚いた。既に予定の日まで一ヶ月を切っている。二月は私の最後の学年末であり、忙しい。途中で何度も放り出そうと考え、しかし思い直して、毎日少しでもピアノに触れるよう努めているうちに、次第に学生時代の感覚が戻ってきた。形を整え、Tさんと二度程合せて、何とか五〇人余りのわが研究室関係者の前で披露する迄こぎつけた。

いわば四〇年目の正直、ミスタッチもあり、出来栄えは六〇点位であったろう。それは良いとしよう。今回の収穫は、人生の最終楽章を迎えた私にとって、青春時代の音楽に対する新鮮な感覚を再び呼び戻すことが出来たことであろう。

最後に、音楽都市・浜松についての記憶から。浜松国際ピアノ・コンクール、オペラ、その他の演奏会に何回か足を運んだ。フジコ・ヘミングも二回聴いた。中でも最も感銘を受けたのは、ドイツの中堅バリトン歌手ラルフ・デーリングの独唱である。シューマンの「詩人の恋」を中心とするドイツ・リートの外、日本歌曲を歌ったが、これがよかった。「赤とんぼ」「浜辺の歌」「さくらさくら」、そして「初恋」（啄木・詩、越谷達之助・曲）の四曲は実に素晴らしいバリトンで、日本歌曲の真髄に触れる思いであった。

浜松で購入したピアノはその後、今は亡き高校時代の恩師【注4】の長女一家が引き取ってくれることになり、退官後間もなく（二〇〇四年四月末）、北海道に送り出された。二人のお嬢さんが大のピアノ好きで、大いに活用してくれることになったものである。五月に入って無事届いた（という電話を受けた）のが恩師の命日にあたる日であった。

真説評伝（以下敬称略）

【注1】高木祥勝（たかぎ・よしかつ　一九三九―）長野県諏訪清陵高校卒業。東京大卒業後東京都庁に勤務。税財政、国際関係等の要職を歴任。鈴木俊一（一九一〇―二〇一〇）都知事の在任期間中（七九年四月―九五年四月）、その片腕として知事の推進する「都市外交」を支えた。特に九六年に開催予定の「世界都市博覧会」の計画立案及び実施に東奔西走した。これらの功績が国内のみならず海外でも高く評価され、やがて周囲から将来を嘱望され、次期副知事の最有力候補と目されるに至った。しかるに九五年四月、都市博中止を訴えた某タレント都知事が誕生して之を中止するに及んで要職を解かれ（大義なき左遷か？）、以後関係機関を経た後退職。現在、中央大学大学院客員教授。人は如何に知力・実行力・人間性に優れていようとも、世故の才・権謀術数に欠けるところあれば世間でいう「偉い人」になれない、というわが国に於る「むら社会学」の法則を彼は身をもって実証した。

【注2】木村敏（きむら・びん　一九三一―）京都大名誉教授。学生時代、三〇年に一人の秀才と言われた。フッサール、ハイデッガー、ベルグソン、西田幾多郎など東西の哲学思想を吸収し、同時に臨床の経験を取り入れた上で、精神医学に於る独自の理論を打ち立てた。そのポイントは、人間を「あいだ」の概念により、かつ時間との関わりに於て捉えること、だそうで

である。著作も多く、その説は専門家に高く評価されているが、難点はハイデッガー並みに難解であること。素人にはまず理解できない。著書の一節に曰く。「自己とは何か？　自己とは、自己と世界とのあいだ――現在の事物的世界とのあいだだけでなく、当面の他者とのあいだ、所属集団とのあいだ、過去や未来の世界とのあいだを含む――の、そしてなによりも自己と自己とのあいだの関係そのもののことである。」どうです、お分りかな？　私にはさっぱり分らぬ。音楽の面では学生時代からバッハとバルトークに傾倒。ピアノを始めたのは比較的遅い(旧制三高入学後)が、その腕前はプロのピアニスト並みである。

【注3】西谷啓治（にしたに・けいじ　一九〇〇―九〇）京都大文学部教授（当時）の末娘。文学部で音楽美学を専攻していた。鋭い観察眼・ユーモアのセンス・優れた美感覚の持ち主で、ロマン派音楽、特にシューマンのピアノ曲を好んで弾いた。かのニーチェを苦しめたルー・フォン・ザロメもかくやと思わせる才色兼備の女性であった。ために、わがサークル内だけでも胸を焦がす病でダウンして寝込んだ男子学生の数は二、三に留まらない。幸か不幸か、私は寝込むこともなく、数名の仲間と共によく彼女を登山や音楽会に引っ張り出した。一度、八ヶ岳にも案内した。当時、父親の西谷啓治教授は宗教哲学の権威であったが、保守反動の思想家として学生運動の指導者たちから目の敵にされていた。彼は戦前、京都学派（西田幾多郎に師事した哲学者たち）の中心人物として、世間の注目を浴びたことがある。一九四二年から四三年にかけて、高坂正顕・高山岩男・西谷啓治・鈴木成高の四名の西田門下生が（座談会記録を基

に）『世界史的立場と日本』（中央公論社）を刊行して大東亜戦争の意義付けを試みたことによる。同じ頃、西谷を含む京都学派三名の他、河上徹太郎・亀井勝一郎・小林秀雄・菊池正士等を加えた合計一三名の知識人たちによる座談会記録が『近代の超克』（創元社）として出版され、これが日米開戦直後の時流に乗って体制側イデオロギーの役割を果すことになる。戦後、「近代の超克」論は否定され、京都学派の哲学者たちはその戦争協力に対して厳しい批判を受けた。しかし、この思想の根底には、大東亜共栄圏の理論武装に利用された側面だけでなく、明治以降の日本の近代化とその源の近代西欧に対する根本的問題提起が含まれていたのも事実である。『善の研究』以後の一時期、西田幾多郎自身、「近代ヨーロッパ哲学の超克」という課題に取り組んでいたそうである。いずれにしても、この「近代の超克」事件及びその思想的背景について、その後、様々な視点から再評価が進められてきた。科学技術の発展を含めた「近代」が人類に何をもたらしたのか、それに我々はどのように対処すべきか、という問いかけは、地球生命の存続が危ぶまれている現在、極めて今日的課題である。戦後、西谷は、宗教哲学に専念し、西洋哲学思想の行詰まりを東洋の思想で克服しようと試みた。彼の説く仏教哲学や禅哲学はいま、欧米で高い評価を受けているという。自明のことながら、この京都学派哲学者の思想とその令嬢（わが学生時代の音楽に於る一友人）とは何の関係もないのでネンノタメ。

【注4】牛山正雄（うしやま・まさお　一九一七―八一）長野県諏訪清陵高校教諭（四八年―八一年）。〝うしまさ〟こと牛山先生は太平洋戦争末期、下級将校として出征し、トラック島で

米軍機の爆撃により負傷、九死に一生を得た。八一年五月一五日、悪性リンパ腫のため逝去。享年六四歳。生物及び地学を教える傍ら、その型破りで独特の個性と情熱で多くの生徒（のその後の生き方）に多大の影響を与えた。霧ヶ峰周辺の自然環境を保護するため精力的に活動を続け、県の観光道路「ビーナスライン」の建設計画に反対したが、最後は自身の研究論文を添えて、そのルート変更を県知事に要求した（六八年）。このときの経緯は新田次郎の『霧の子孫たち』（文春文庫）に詳しい。没後の八三年、先生の人柄と業績をしのぶ記念文集『理想の花の咲かむまで』が教え子たちによって編集・刊行された。先生の墓碑にヨハネ伝の一節が刻まれている。「一粒の麦　地に落ちて死なずば　唯一つにて在らん　もし死なば　多くの果を結ぶべし」。

後記

本稿は静岡大学浜松キャンパス（旧制浜松工業高校を含む）の同窓会誌『佐鳴』一〇九号（二〇〇四年七月刊）に寄稿したものに若干の訂正を加え、さらに評伝を付け加えたものである。

（二〇〇七・一）

藪医者の効用

名医は必要か？

暫く前のこと、精神科医で評論家のなだいなだ氏の書いた興味深いエッセイを読んだ（『学士会報』第八四八号、二〇〇四年）。学士会の会合で行ったスピーチをまとめたもので、医者としての経験を基にした彼独特の文明批評でもあり大変面白い内容ではあるが、その全容を解説することが本稿の趣旨ではない。

彼は慶應大の医学部在学中、専門の勉強を徹底的にサボってフランス語に熱中していたのだぞうで、いざ医師免許を取ったものの自分は名医になれそうもないことを悟る。藪《やぶ》医者は患者に迷惑をかけるだけだから医者をやめよう、と思って内科の教授に相談に行った。ところがこの先生、「お前は藪医者をやれ。世の中に名医はそんなに必要ない。名医は一〇〇人に一人か二人でいい。大体、名医が診なければならない患者がそんなに沢山いると思うか？」と切り出した後、およそ次のような話をしたという。

単純に考えて、患者には三種類しかいない。放っておいたら死ぬ患者、治る患者、治りも死にもしない患者である。放っておけば死ぬ患者は勘でわかる。だからすぐに名医のところに送れ。

お前は自分で診てはいけない。で、残りの患者はどのみち死なない患者なのだから、お前ががっちり押さえて、放っておけ。ただ、患者の心理としては放っておかれたくないものなので、必要なら口のひん曲がるほど苦い薬を処方してやれ。何よりも藪医者の心得として一番重要なことは、余計なお説教をしないで患者の話をよく聞いてやることだ。すると、藪医者のお前はその患者のよき相談相手・友達として長くつきあうことができる上、お前の生活も成り立つことになる。

この教授の話は、なだ氏が回顧しているように、なかなか深淵な考えである。それも現代の医療問題に限らず、もっと広い範囲にわたる社会システムのあり方に対して実に示唆に富む考え方を示している。

普通の人の役割

歴史を顧みれば分ることであるが、何時の時代でも、またどのような政治体制下であっても、長い間繁栄した国や社会においては、社会の中流層を構成する圧倒的多数の〝普通の人〟が経済的・文化的に健全であった。勿論、指導者が優れていたという面もあるのだが、優れた指導者や英雄を支えていたのも普通の人達であった。カエサルがカエサルであり得たのは、彼一人だけの力ではなく、古代ローマにおける普通の人々が彼を支えていたからである。

普通の人とは中間層・中流層・中産階級に属する人々の謂《いい》である。ゲーテは「イギリスの高貴で裕福な人は、その人生の大半を誘拐事件や決闘に費やしている。――偉大な芸術家や詩人はみんな中産階級の出身である」（エッカーマン『ゲーテとの対話』）と言っている。古今東西、中産階級の人達は経済だけでなく文化の担い手でもあった。身近な例で言えば、江戸時代三〇〇年弱の文化史を概観すれば分る。私の経験でも、アメリカ人の言うMiddle Income層の人達は、自分達が自国の経済・文化を含めて社会全体を背負っているという強い自負心を持っていた。

中流層・中産階級は〝社会の足腰〟であり、従来のわが国の強みもここにあった。戦後、日本が驚異的な経済成長を達成できたのも、日本社会の中で中堅層が優れていたからに他ならない。特別秀でたスーパーマンがいた訳ではない。

ノモンハン事件（戦争）で日本軍と戦った当時のソ連軍司令官・ジューコフ将軍は「日本軍の下級将校と下士官兵は非常に勇敢で頑強であるが、高級将校は無能である」という感想を述べたという。同様に、太平洋戦争で戦ったアメリカ軍の指揮官達も日本軍の下級将校と下士官兵を極めて高く評価する反面、わずかな例外を除く殆どの将軍は無能であったと証言している。終戦後、各地で捕虜生活を余儀なくされた多くの軍人・軍属の残した記録を見ても、戦前の政治・軍事指導者に比べて普通の日本人の生活能力と常識・感覚が如何に優れていたか、がよく分かる。

ところが現在只今、日本の経済と文化を支えてきたこの中流層が壊れかけている。社会全体が相当なスピードで経済的「格差社会」に変容しているのである。アメリカがその先頭を走り、日本はその後を追っている。

現在のアメリカ政権を支配する思想は、新保守主義（Neocon＝ネオコン）の唱える市場原理主義であるが、それをわが国の政府・与党がアメリカの言いなりにそのまま日本に持ち込んだ結果がこの格差社会である。アメリカはこれをGlobalizationと呼び、日本は「カイカク」と呼んだ。

市場原理の行き着くところは中流層の崩壊であり、ワーキングプア層の拡大であることは自明のことである。中流層の崩壊は文化・文明を維持する階層がなくなることを意味する。つい先日、NHKの報道番組を見て知ったことであるが、今や日本の貧困層は全人口の一五％を占め、これは先進国の中でアメリカ（一七％）に次いで第二位だそうである。高度経済成長の時代には「ジャパン・アズ・ナンバーワン」などとおだてられ、一億総中流を自任していた日本だったが、今や貧困層一五％、あと一〇有余年後には五割に達するという予想さえある。

日本の足腰は確実に衰えつつある。今世紀の日本は経済的・文化的に健全でまともな社会とは逆の方向を目指して走り始めたということである。

教育の使命——一人の名医か一〇〇人の藪医者か？

「ゆとり教育」に象徴される初等中等教育政策の拙劣さについてはさておき、高等教育に目を向けると、日本では経済的格差の拡大と平行して教育・学問の世界でも格差が拡大している。いわゆる大学カイカクの結果である。そもそも、日本の大学・大学院における高等教育のため国（政府）が毎年投資する資金（予算）は、一人あたりで比較して欧米諸国の半分以下である。これを倍増することが喫緊の課題であるにも拘らず、政府はこれを放り出し、カイカクと称して九〇近い国立大学を法人化してしまった（二〇〇四年四月）。その基本理念は官僚統制型「市場原理主義」であり、「良い大学」には一層多くの（国の）資金を投入し、「悪い大学」には資金を与えない、というものである（一方で大学カイカクの結果、文科省の大学への天下りは約六五名増えた）。もともと、教育や学問研究は経済法則に従って維持・発展するものではなく、市場原理に任せておいてよいものでもない。今回のカイカクを突き詰めて行くと、大学間の格差は拡大していずれ「普通の大学」はなくなり、一握りの「東大レベルの大学」と大多数の「中学レベルの大学」に分解すること必至である。大学改革法案が国会に上程された頃、文科省の官僚と大学改革の協議を続けてきた国立大学・学長会議の議長であった東京大学長（当時）が、「文科省官僚にだまされた」という意味の発言をした。だました方も悪いが、だまされたエリートの最高峰（ホントかね？）の脳ミソも相当なものだ。

事態がこのまま進めば、経済格差の拡大と軌を一にして、教育・学問レベルの低下は避けられず、それは確実に文化の質的劣化を招く。小中学校の生徒の学力低下に続いて、わが国大学生の学力低下が実証されるのもそう遠い先のことではない。何故なら、大学の先生達は今、カイカクの結果、（わずかな）自分の研究費を各種団体や企業から獲得するために膨大な時間を費やすため、学生の指導など二の次になっているからである。

一方、産業界だってのんきに構えている訳にはいかない。技術系に限っても、今は「中程度の大学」出身のまともな（将来の）中堅技術者が掃いて捨てるほどいるので安泰であるが、いずれ一握りの秀才と大多数の「中学レベルの大学卒業生」を迎える事態になる。しかし、もともと今回の大学改革は（大手の）産業界指導者が求めたものでもあったのだから、自業自得でもあろう。

大学の本来の使命は「知の蓄積・継承」であり、そのための教育が主であって、「知の創造」（研究）は「知の蓄積・継承」（教育）の後に来るべきものである。ところが、今の政府（官僚）や大学には研究が主で教育が従である、という本末転倒の考え方が横行している。日本が目指すべき教育・研究の目標として文科省は、今後五〇年の間に三〇件のノーベル賞をとること、などという数値目標を掲げたが、これにはさすがの（戦時中の）〝大本営〟も兜を脱ぐに違いない。

教育の目的は一人の名医、一人のノーベル賞科学者を生むために一〇〇人の普通の人を犠牲にすることではない。むしろ、一〇〇人の普通の人に「普通の教育」を施し、普通の人の質を向上させることこそが教育の使命である。藪医者には藪医者の役割があるように、普通の人には普通の人の役割がある。普通の人を健全に育てる社会が繁栄し、藪医者を大事にするシステムが健全な社会を作り出すのである。これは歴史の教訓である。

最後に一言。わが同窓生の中に多くの名医がいることは先刻承知の上で藪医者論を提示したが、これは皮肉ではなく、医療問題を超えて、これからの社会システムの中で中流層の充実とその構成員たる普通の人の質的向上が喫緊の課題であることを強調した迄のこと故、誤解なきよう願います。

（二〇〇七・一二）

ゲーテの言葉より

同好の仲間と機会に恵まれて、二年ほど前から私はEckermann（エッカーマン）のGespräche mit Goethe『ゲーテとの対話』を読んでいる。ニーチェが一九世紀末の時点で、ドイツ語で書かれた最良の書であると評した古典である。戦前、旧制高等学校の文系の学生がよく読んでいたそうである。

遅いペースではあるが、歴史や時代背景、それに現代史など多くの話題についての談論を交えながら「眼の人」（Auge Mensch）ゲーテの内奥に触れることは大変刺激的で興味深い。仲間のうちの最長老である小尾俊人氏は長野県諏訪の出身で、終戦直後、みすず書房を創立した一人である。岡谷工業高校（の前身・諏訪蚕糸学校）で濱稲雄先生［注］に数学を教わったという。一九四三年一〇月、神宮外苑における学徒出陣壮行会に参加し、その後、おそらくフィリピン方面へ送られる（筈の）輸送船を待っていた博多で終戦の玉音放送を聞いたという。明治から昭和に至る政治・文化のみならず欧米の近代史に詳しく、今でも暇があれば神田の古本屋街を歩いている。我々若輩にとって多くの面で学ぶことの多い出版人である。彼は常日頃、ゲーテは我々にとって偉大な師であると言っている。

ゲーテは偉大な作家であっただけでなく、文学や政治から科学に及ぶ極めて広い分野の問題にその生涯を捧げた人だけあって、彼の思想を深く理解することは難しい。しかし、現代の我々がゲーテの考え方に共感を覚えることが多いのも事実である。「ゲーテの言葉」については、今までに多くの専門家が解説してきているが、ここでは素人の立場から二つの言葉を考えたい。

「外国語を知らない者は自分の母語についても無知である。」

この言葉は、ゲーテの言葉の中でも繰り返し引用されてきたもので、箴言といってよい。ここで、原文の「外国語」が複数になっていることに注意する。世界の現状を見ると、国家と言語が一対一に対応していないのが一般的であるため、最近は「よその言語を知らない者は自分の言語についても無知である」と訳す人もいる（以前は「母国語」と表現していた自国語も、最近は「母語」と言い換えることが多い）。ゲーテのこの言葉は色々な意味に解釈できるが、まずはこの原文を自身の経験に基づいて言葉通りに受け取りたい。

昔の旧制高校では、文系が文甲、文乙、理系が理甲、理乙のコースに分れており、甲は英語、乙はドイツ語を第一外国語として、これを徹底的に教育したという。ある時期のカリキュラムによれば、第一外国語の授業は週に一三時間あったとのことである。因みに理乙は医学進学コースである（なお、フランス語を第一外国語とする丙のコースもあったそうである）。

私は学生時代に（広い意味での）ドイツ音楽に熱中し、卒業後、東京の国立研究所に勤務するようになってからもドイツに留学したいという思いが強かった。そこで、毎週土曜日の午後、とある語学学校のドイツ語購読のクラスに通い、東京外国語大の先生の指導により文学、評論、伝記などを読んでいた。このとき読んだハンス・カロッサやトーマス・マンの随筆や評論の内容は今も記憶に残っている。ある学期のこと、我々のクラスに中高年の医者が一人参加した。この先生、旧制高校で教育を受けただけあってドイツ語の読解力たるや極めて高いレベルにあり、受講生よりも指導者に相応しい。受講の動機を（表面上は）「おさらいのため」と称していたが、その真実の動機がまた何ともいい気なものであるのには参った。その頃、ドイツに滞在中であった友人から届いた手紙によれば、間もなく日本で開催される学会に参加する予定の高名なドイツ人医学者の奥さんは実に五〇万人に一人の美人であるという。そこで、このお医者さんは、ぜひそのような（五〇万人に一人の）美人に直接会いたいがため、自身のドイツ語に磨きをかけようと思い立ったのであった。

戦後、わが国はGHQ（実はアメリカ政府）の言いなりになって学制改革と称して旧制高等学校の制度をつぶしてしまった。小尾氏によれば、戦後の教育改革では、旧制高校ではなく、文部省をつぶすべきであったのだそうである。

最近、文部科学省は外国語教育を充実させるべく小学校から英語を教える、とか、高校の英語は英語で教える、などと凡そ支離滅裂な指導要領を国民に押し付けようとしているが、これは外国語を学ぶことの本質を理解しない発想である。

明治以来の日本が文化先進国の言語を学ぶ方針を堅持してきたのは、科学・芸術・思想を含めた西洋の近代文化を理解し、優れたものを取り入れるためであり、日常会話をするのが目的であった訳ではない。当然、コミュニケーションのための「話し言葉」も必要であるが、それは個々の人が必要に応じて学習すればよいことで、日本の高校生全員に必要なことではない。現在、視聴覚機器は容易に入手できるので英会話などは各個人で学習できることであり、さらに、厳しい訓練で成果を挙げている語学学校だって幾つも存在する。語学に対する学校教育の基本は「書き言葉」中心であるべきである。

英語圏の文化も歴史も宗教もろくに知らない「普通の英語の先生（日本人）」と、日本語の構造（文法）も古典もよく理解していない「普通の高校生」の間でまともな授業の成立する訳がない。高校生が「あなたの趣味は何ですか？」とか「郵便局はどこですか？」などという日常の話し言葉を流暢にしゃべることができても、日本の歴史も古典も知らず、まして New York Times、Newsweek や外国の文学・歴史・科学などの文献を自由に読みこなすことができないようでは、本当の意味での文化交流はおぼつかない。日本が長年にわたり漢文という独自の手法で中国大陸の文化を吸収し交流を重ねてきた歴史的事実を忘れてはならない。

外国語を学ぶことの意義は、日本語と外国語の相違を理解し、言語の背景にある文化の相違を理解することにあろう。その意味で、日本人には、外国語を学ぶ前に（文法、古典を含めて）国語（日本語）を十分に理解しておくことが求められる。その上で初めて、外国の文化・歴史を正しく理解し、さらに日本の文化・言語に新たな息吹を吹き込むことも可能になるのである。

私の経験では、外国語を習得するための教育は「初めに文法を徹底的に叩き込むべし、次に多くの古典を読むべし」に尽きる。これは私の高校時代に国語の濱多津先生（187頁参照）が採用した古文の習得法であった。

ゲーテは、幼い頃からギリシャ語とラテン語を勉強し、長じて、フランス語、イタリア語、英語の原書に親しんでいた。また、晩年に至るまで多くの外国語雑誌を取り寄せては読んでいた。ゲーテにとって外国の言語を知るということは、外国の文化を深く理解することであり、それによって「ドイツ語圏文化」を発展させる源泉としたのである。ほぼ二〇〇年前、ゲーテがヨーロッパの田舎・ワイマールという窓を通して世界をどのように見ていたか、を知ることは、西洋文化と格闘して日本近代文化の確立・進展に心血を注いだ明治時代の鷗外や漱石を初めとするわが国の先人達の姿と重なり、大変興味深い。外国語（よその言葉）を知ることには実に奥深いものがある、と言えよう。

「私は見た、しかし、私は信じない。」

『ゲーテとの対話』第三巻によると、ゲーテはワイマールで次のような出来事に遭遇した（ゲーテはこの小さな公国で長年、宰相を勤めていた）。

ある日の夕方、ゲーテは一友人とともに城の庭園を散歩していた。そのとき、むこうの並木道を一組の男女が静かに話をしながら歩いているのが見えた。二人ともそれぞれ配偶者を持ち、宮廷社会に属する身分の人達である。二人は熱心に話を続けていたが、突然、立ち止まって熱烈なキスを交わした。その後二人は、何事もなかったかのように、再び会話を続けながら歩いて行った。友人が仰天して「あれを見ましたか？　自分の眼を信じてよいのでしょうか？」と叫んだ。ゲーテは冷静に答えた。「確かに見ました。しかし、私は信じません」。

小さな上流社会ではたちまちゴシップの標的になる出来事であったことは疑う余地がない。随分前のことになるが、ドイツ文学者の故手塚富雄氏（東京大教授、後に立教大教授）はある新聞でこのエピソードを紹介して、ゲーテのこの言葉を「勇気ある言葉」であると評した。それは、ゲーテが単にゴシップの仲間に入ることを拒んだだけでなく、今見たことを自分の精神世界に取り入れることを自分の責任で拒絶した、という意味においてである。

エッカーマンの伝えていることは、現代とは時代背景も社会規範も全く異なる時代の出来事であり、詳しい事情は分らない。しかし、ゲーテは、何を見聞したにせよ、それを信じるという行為は、その信じたものを自己の世界観に取り入れることであり、その瞬間、それは自分のもの、自分の責任となることを示したことになろう。「見ることは信じること」という諺があるが「見ること」と「信じること」は全く別の行為であり、信じることには責任が伴う、という教訓を与えてくれたエピソードである。

（二〇〇九・一）

【注】濱稲雄先生　後に諏訪清陵高校に移り、数学を教えていた。筆者の在学中は教頭を務めていた。フランスの天才数学者ガロアの業績と人物に強い興味を抱き続け、静かな口調で生徒にも話していた。晩年になって、ガロアに関する評伝の翻訳本を出版した（リリアン・リーバー著、濱稲雄訳『ガロアと群論』みすず書房、一九七九）。

ニューヨークの友

ニューヨークに留学したのは今から四〇年以上前、一九六六年秋のことになる。ケネディ大統領の暗殺から三年、ベトナム戦争が激しくなり、アメリカの多くの学生は、当時、徴兵制が布かれていたこともあり、日々の戦況に極めて敏感になっていた。中国では文化大革命が始まっており、米中間の国交がないにも拘らず、紅衛兵の動向は毎日のニュースで詳しく報じられた。一方、人類初の月着陸を目指す「アポロ計画」が進行中で、NASAの予算はピークを迎えており、私の専門領域である航空宇宙分野におけるアメリカの古きよき時代でもあった。

大学卒業後、東京郊外の深大寺から程近いところにある国立の研究所に勤務していた私は、ドイツにだけは留学したいと思い、毎週土曜日の午後は高田馬場に行って東京外語大の先生の下で文学や評論など独文の作品を読んでいた。それが急にアメリカに行くことになった経緯についてはとりあえず横に置く。

ニューヨークに着いたのが九月の終り頃で、新学期は既に始まっていた。私の生活は大学の理工学部キャンパスとそこから一キロ程離れたところにある附属研究所が中心になる。従って、この付近に居を定めなければならない。暫くの間、マンハッタンのブロードウェイ通り八一丁目のアパートの中の一間を借りて、そこから地下鉄で通い、週末に幾つかのアパートや学生用貸し部屋を見て歩いた。

ここの大学（大学院）や附属研究所には台湾出身の留学生が多い。彼らは皆んな親日的で何かと世話をしてくれる。一〇月初め、さわやかな秋晴れの日の昼休み、三、四名の台湾人留学生が私を日本人留学生の住んでいるところに案内したいという。研究所から緩やかな上り坂を歩いてキャンパスの近くに立ち並ぶ二階建て住宅のひとつの前に来ると、一人の学生が「トーシー」と大声を張り上げた。すると、若い男が二階の窓から顔を出した。我々がどやどやとその家に入って行くと、そこにK君がいた。この家の主である目つきの鋭い鷲鼻の老婦人が空き部屋を案内してくれた。

結局私は、この家ではなく別のアパートに住むことになったが、一方のK君も、間もなくこの家を出て私の近くのアパートに引っ越してきた。「あのババアと喧嘩して出てきた」のだそうである。

私のアパートは居間に中古の机と小テーブル、それに数脚の椅子と本棚を並べただけの殺風景なものであったが、大学キャンパスと地下鉄駅の双方に近いところにあったこともあり、イタリア人や台湾人の友人がよく立ち寄った。K君も週末の夜にはよくやってきて長話に及び、「今日はよく喋ったのであごが痛くなった」と言いながら帰っていった。二人とも日中は日本語を喋る機会が殆どないため母国語で話す時間が欲しかったのである。

K君は慶應大を出た後ニューヨークにやってきて、ここのCivil Engineeringの修士課程で学んでいた。私費留学である。その頃、日本から欧米に留学するのは大変なことで、日本或いは外国の政府の資金で留学するのが普通であり、その人数も非常に少なかった。また、私費留学できる学生はほんの一握りの富裕層に限られていた。K君は、ある電気関係の中堅企業社長の長男である。父親から見れば、大変な覚悟で跡取り息子に投資したことになる。一ドル三六〇円、大卒三、四年のサラリーマンの月給が約三万円、東京―ニューヨーク間の片道航空運賃が五〇〇ドル（一八万円）の時代である。

異国での新しい生活はさすがに初めが大変で、何が大変といって、言葉の壁が厚い上に大学院の授業が〝しんどい〟のである。例えば、台湾出身の友人・楊《ヤン》君も初めての留学組であったが、彼の発音が大層悪い。I think（私は思う）のつもりがI sink（私は沈む）になってしまうのだ。人のことは言えたものでなく、私の英語も相当ひどかった筈だ。また私は当時、学士号しか持っていなかったので、附属研究所でFull-timeの助手をしながら、同時に大学院の修士課程の学生になって授業を受けたのだが、これが日本と違って遊ばせてくれない。殆ど毎週Home Work（宿題）が出る。Quizと称して小テストを毎週行う先生もいる。東大教養学部の中屋健一教授（当時）の言うように「学生は雑巾と同じで絞れば絞る程よい」というのが欧米流の高等教育法であるようだ。しかし、これも慣れの問題で、感謝祭（一一月第四週）を迎える頃には余裕が出てくる。私も、オープンしたばかりのリンカーン・センター（その中心は新しいメトロポリタン歌劇場である）に頻繁に通うようになっていた。

師走に入って、ある週末の夜、Ｋ君がやってきて遅くまで話し込んだ。そのとき彼から、スウェーデン人の女性（今はストックホルムに帰っている）とニューヨークで知り合い、近々結婚したいという話を初めて聞かされた。

Ｋ君は育ちのよい良家の子息で、（私より年下ではあるが）しっかりした考えと明晰な頭脳を持つ好青年である。いわゆるドラ息子ではない。しかし、長年貧乏生活に耐えてきた私から見て若干甘い点はある。

彼の話では、一月末に期末試験が終り修士号取得の条件が整うので、直ちにストックホルムに飛んで彼女（イングリッドと呼んでいた）と再会した後、一緒に旅行しつつ日本に帰る。帰国後直ちに結婚式を挙げたいという。結婚資金は勿論、オヤジ持ちである。この（夢のような）計画について、早急に両親の了解を得た上で旅行資金として三〇〇〇ドル送って貰う予定である。問題は、青い眼の花嫁をスムーズに家族に迎え入れて貰うため、この話をどのように両親に切り出したらよいのか、そのタイミングを計りかねていたことである。我々は作戦を練ることにした。

Ｋ君の家は創業者である祖父母も健在であり、伝統を重んずる保守的な大家族であるらしい。その辺の事情も考慮した上で私は「その旅費が確実に手元に届くまで、結婚話を持ち出してはいけない」とクギを刺した。何故なら〝敵〟には（資金を送らないという）〝兵糧攻め〟戦法があるから、というのが私の説であり、彼も同意した。そして、将来の社長として教養を身につけるための旅行資金として三〇〇〇ドルの送金を父親に要請する手紙を書いたようだ。要請というより無心である。

Ｋ君は一口に三〇〇〇ドルと言うが、当時の日本では一〇〇万円以上、若手サラリーマン二年分の給与に相当する。私にしても、往復の旅費は日本政府から出ていたが、この大学の附属研究所で Full-time の助手として働き、（税引き後）約四〇〇ドルの月給を得て日々の生活費に充てていた。それでも多くの留学生が月二〇〇ドル強の Half-time Assistantship で生活しているのに比べれば恵まれていた方である。彼は当然そのような一般留学生の台所事情を知らない。

年内の間は何事もなく過ぎた。寒い大晦日の夕方、Ｋ君とワインを飲んで体を温めた後、一緒に地下鉄で Times Square（タイムズスクエア）に出かけ、身動きできないほどの雑踏の中で新年の「カウントダウン」なるものを見てきた。

年が明けて暫く経ったとき、Ｋ君から電話があって大変なことになったと言う。旅費が届いたので、早速日本に（コレクトコールで）国際電話をかけて結婚の話をしたところ、家中が大騒ぎになり、一時間近くの間、家族が入れ替わり電話口に出てきては驚き、怒り、祖母に至っては泣き出してしまい、収拾がつかない状態になったという。両親は繰り返し、すぐ日本に帰れと言う。Ｋ君は家族の強い拒否反応に驚いたが、しかし、軍資金を手に入れた今、（悪く言えば頑固なところのある）彼がハイハイと親の言うことを聞く訳がない。

彼は一月末にストックホルムに向って旅立って行った。私はケネディ空港まで見送った。その前日、大学のカフェテリアで一緒に昼食をとり、居合わせた二人の（私の）イタリア人友人とともにキャンパスで写真を撮った。そのときの写真は少し色あせているが、強気と一抹の不安とを併せ持つK君の面影を正直に伝えている。

やがてストックホルムのK君から頻繁に手紙が届くようになる。私も返事を書いた。結局彼は、六月末に日本に帰国する迄、ここに五ヶ月間滞在したことになる。両親の頑なな反対に対して初めのうちはK君も譲らず、ストックホルムに籠城する格好になった。市内にアパートを借りて、二人で彼女の姉のところに行っては相談していたらしい。親がどうしても賛成してくれないときは、スウェーデン或いはアメリカで働いて自力で生活することも考えた。スウェーデン語を勉強したい、などと殊勝なことを書いてきたこともある。私が彼の依頼に応じて「修士号取得証明書」を大学の事務所で何通か発行して貰い、ストックホルムに送ったのもこの頃である。二人の国際結婚については、彼女の両親・兄弟も不安に感じている様子で、K君はその感触を敏感に感じ取っていた。このように思い悩むことが多く、日々の心労が続いていた筈であるが、それにも拘らず、彼は二月の後半になると二人でチロル地方に二週間のスキー旅行に出かけている。出発直前に書いた手紙には、色々と頭の痛い問題があるが、それはオーストリア旅行から帰ってきてから考えたい、とあり、随分鷹揚なものだ。

Ｋ君が父親からの手紙について報告してきたことがある。その内容を要約すると、「お前は余りにも周囲に庇護され過ぎて育ったので、祖父母や親兄弟のことを甘く見て自分本位の考え方に陥っている。今回のようなことは将来に禍根を残し、家系の斜陽化を早めることになる。外国の倫理等にかぶれて実社会を軽く見てはいけない」というものである。Ｋ君は、「外国の倫理にかぶれる」とは何事であるかと憤慨し、「親父は興奮して書いたのか、筆が非常に乱れ、易しい字を間違えたり、書き直したり、文章もかなり支離滅裂です」などと、内容と関係のないことにまで文句をつけている。これが三月下旬のことで、この頃はまだ父親も最初の怒りが収まらず、双方が対立していた時期である。

その後四月から五月になると、Ｋ君の叔父さんや父親の友人が所要でヨーロッパに来る機会があったので、彼は、このような人たちとパリ等で直接会って自分の気持ちを伝え、相手もよく理解して父親に伝えてくれるものと確信した。その後のＫ君の手紙によれば、「オヤジはもう少し分かってくれてもよい筈なのに、ひどく頑固でこちらの言うことを理解せず、また家全体がかなり混乱しているらしい」という状況であった。一方で、その頃になると、会社の景気が悪くなったことや父親の血圧が上ったという情報が入ってきたため、彼の心境も微妙に変化してきた。そして、ともかく一度帰国してみよう、それでも埒《らち》が明かないときは最後の決断をしよう、と考え始めた。

六月にスペインから届いた絵葉書によれば、「僕達は地中海で泳ぎ、最後のヨーロッパの休日を楽しんでいます。今月下旬には一応帰国するつもりですが、単身敵地に乗り込むような気持ちでかなりユーウツです」とある。

K君はその言葉の通り六月末に単身帰国した。彼がその後、大家族の中でどのように説得工作を続け、どのように孤軍奮闘したのか、詳しいことは分らない。私が一年間の留学を終了して九月に帰国して程なく、彼から結婚式を挙げる運びになったという電話があり、招待状が送られてきた。

結婚式は一一月の中頃、都内の教会で行われた。スウェーデンからは花嫁のお姉さんが来ていたように記憶している。披露宴の席で私がご両親に挨拶に行くと、ほろ酔い機嫌の父親は赤い顔して、この期に及んでなお憤然とした様子で「息子は本当にけしからん。それまで一度も相談してきたこともない、こんな大事なことをいきなり国際電話で言ってくるものだから家中が大騒動になったんですよ」と言う。私が「実はあのとき、K君と僕とで色々策を練った挙句ああいうことになったのです」と打ち明けると、「ニューヨークの参謀本部でそういう作戦を立てていたのですか。それではこちらに勝ち目はなかった訳ですなあ」と嘆いた。対照的に母君はにこにこしながら「こちらの粘り負けですわ」と泰然としている。私の席の傍に（名門校であろう）中学校の制服を着たK君の弟さんが神妙な顔をして座っている。私が「外国人との結婚は決して変なことでも何でもなく、これからの日本では当たり前になることです。むしろ、兄貴を誇りに思っていいのですよ」と（上から目線で）少し偉そうなことを言った。するとこの弟は真剣な顔つきで

「僕は〝この問題〟について、何も言わないことにしています」とキッパリと答えたのには恐れ入った。

K君の「青い目の花嫁騒動」はこうして彼の粘り勝ちで幕を閉じた。一連の経緯を彼の側から見ていて、保守的な大家族の中にあって最後まで一スウェーデン女性に対するK君の気持ちに些かの揺るぎもなかったことには敬服せざるを得ない。運命的な出会いであったのであろう。

その後彼は新家庭に落ち着き、一方の私は自身の仕事のことや個人的なことで忙しくなり、K君との交友も時候の挨拶程度になって行った。私自身翌年結婚し、その後、国立研究所を退職して再びニューヨークに戻ってPhD（博士号）を取得し、帰国して宇宙開発の仕事に就いた。次いで、今度は駐在員としてロスアンゼルスで四年間過ごした後、東京に戻ってからは文字通りWorkaholicの罠に陥り、K君とは殆どコンタクトのない状態が続いた。

ロスアンゼルスから帰国してどの位経った頃であろうか。記憶では一九八一年か八二年の初夏の頃であったろう。ある日の新聞（全国紙）でK君のことを報じる記事が眼に留まった。電機会社社長のK君は東南アジアの青年を積極的に社員として採用し、よく面倒を見てきたため慈父のように慕われていた。ところが、心臓の手術を受けて急死し、皆から惜しまれている、というものである。顔写真も載っていた。

私は、K君が企業経営者として、人間として大成したことを知った。しかし、この朗報は同時に彼の訃音でもあった。青山葬儀所で行われた葬儀では、焼香の終った参列者に挨拶する親族の中にご両親や青い目の奥さんの喪服姿があった。小学生位の二人の子供さんもいたように思う。ご両親はさすがに疲れた様子であった。

ニューヨークで初めてK君と出会ってから、また、彼が突然鬼籍に入ってから、随分と長い年月が経った。今もK君のことをあれこれ思い出していると、青空の広がった爽やかな秋の日の午後、台湾人の友人が「トーシー」と二階に向って大声を張り上げた、あの光景に戻ってしまうのである。

エピローグ

K君の名前は勝亦俊之。(株)勝亦電機製作所の第三代社長。一九八一年、東京青年会議所の第三二代理事長を務めた。享年三九歳。奥さんは現在、お嬢さん二人とともにロンドンで生活しているそうである。因みに、現在の社長は結婚披露宴のときのK君の弟さんである。

(二〇〇九・一二)

五〇年目の音研切抜帳

創立一〇年周年記念演奏会の記憶より

音研第一期生である芦津（丈夫）さん（文'49入学）の（生前の）話によれば、「バイエルを終って（新徳館の）音研ボックスを出たら朝鮮戦争が始まっていた」のだそうである。一九五〇年六月二五日のことで、音研はその一ヵ月ほど前に誕生したことになっているが、この年はわが国戦後史に於る大きな曲り角を迎えた年であった。

私が音研に〝在楽〟していたのは、それからほぼ一〇年後の頃になるが、一九六〇年もまた大変な年であった。日米安全保障条約改定を巡って日本の社会が大きく揺れ動いていた時期であり、我々学生も全学ストライキやデモに明け暮れる日が多かった。六月一五日、全学連（全日本学生自治会総連合）のデモ隊が国会議事堂構内で警官隊と衝突し、東京大学文学部四年生の樺美智子さんが死亡した。

このように大学の内外が騒然としている環境の中で、我々音研のメンバーは毎日、新徳館のボックスに通っては音楽のケンキュウに勤しんでいた訳であるが、さすがにこのときは、自分達だけ平和にノンビリと音楽に耽っていてよいのか、という問題について激論を交わしたものである。結局、六月下旬に予定していた定期発表会は中止することになった。この年は、六・一五国会デモに続く六・一九（改訂安保条約の）国会自然承認を経て、少なくとも我々一般学生の「政治の季節」は終りを告げる。

音研の創立一〇周年を記念して演奏会を開くという、そもそもの発想は当時のOBの方々から発信された。その年の三月、卒業生送別演奏会が日仏学館で行われ、東京芸術大在学中の原田（茂生）さん（工'51入学）が木村（敏）さんの伴奏でシューベルトの歌曲を何曲か披露された。楽友会館で行われた送別会の席で木村さんは、「もうすぐ原田君が芸大を卒業して、今年の秋の毎日音楽コンクールで入賞する予定であるから、彼のデビューも兼ねて音研一〇周年記念演奏会を開きたい」という趣旨の発言をされた。

半年も前からコンクール入賞が予定に入っていることに我々現役生は驚いた。新学期に入って、OBと現役会員合同の準備会も何回か開き、具体的にどのような行事を行うのがよいかという基本から議論が始まった。OB会ではアンケートを取ったのだが、その回答の中に「木村敏氏の銅像を作って音研ボックスの近くに建てる」という提案のあったことが記録に残っている。最終的に、原田さんのバリトン、野口（喜久子）さん（農'53入学→武蔵野音大）のソプラノ、それに千秋（次郎）さん（工、院博士）作曲のピアノ曲を中心にした演奏会を開くことになり、伴奏は小林道夫氏にお願いすることになった。当時の年刊誌『音研』の特集号を発行することも決まった。

秋の演奏会までの間、我々音研会員は、ポスター・チラシ・プログラムの作成、それにチケット（有料）発行に係る税務署との交渉など、興行師のような作業に追われたが、皆良く動いた。プログラムはシューマンの「詩人の恋」（原田）、モーツアルトの歌曲「すみれ」「クローエに」など（野口）、「ソナチネの為のセグメント」他（千秋）、それにソプラノとバリトンの二重唱（モーツアルト「魔笛」より等）である。（記憶では）一九六〇年一〇月になって、原田さんは毎日音楽コンクールで予定通り入賞を果たすことになる。

一一月の記念演奏会は大変すばらしいものであり、京都音楽クラブの先生方からも大きな称賛を受けた。ドイツ文学の佐野利勝先生は「ドイツ語の分る歌手がドイツ・リートを歌うと、違うもんですなあ」としきりに感心しておられた。記録によれば、チケットの売上げは六八二枚、（当時の）京都大大ホールとしてはかなりの盛況であった。

こうして、前年（一九五九年）の「藤村るり子ピアノ・リサイタル」（29頁参照）に続いて、この年の創立一〇周年記念演奏会は成功を収め、これもオンガクケンキュウの成果であると、（当時の我々は）考えていたのである。

音研ピアニストの源流

音研創立から我々の頃までの一〇年間、音研は何といっても木村（敏）さんを中心に動いていた。木村さんは創立当時、相当のワンマンぶりを発揮していたのだそうで、我々後輩から見ても、それは想像に難くない。学生時代、京大でも三〇年に一人の秀才であると言われていたという。ピアノを始めたのは旧制三高時代であったにも拘わらず、バイエルを終った後にチェルニー三〇番を一日に一曲ずつ、一ヶ月で仕上げたという。バッハとバルトークに傾倒していて、ブラームスは嫌いであったようである。あるとき、（木村さん抜きで）何人かがブラームスのレコードを鑑賞した後、ボックスの黒板には「ブラームス万歳、木村のバカ」と書き残してあった、という話が伝わっている。

昔から木村さんの書く評論は難しいという定評があった。『音研』第六号（一九六〇年三月刊）に載った「音楽と永遠」は、今読み直してみても素晴らしい音楽論である。これは、木村さんが医学部助手時代に書いた音楽と時間に関する簡潔な論考であるが、やはり難解ではある。

医学部卒業後、木村さんは、（音楽家としての道ではなく）精神医学の道に進み、フッサール、ハイデッガー、ベルグソン、西田幾多郎など東西の哲学思想を吸収し、同時に臨床の経験を取り入れた上で、精神医学における独自の理論を打ち立てたという。そのポイントは、人間を「あいだ」の概念により、かつ時間との関わりに於て捉えること、だそうである。その説は専門家に高く評価されているが、難点はハイデッガー並みに難解なことで、素人にはまず理解できない。

つい最近出版された自叙伝『精神医学から臨床哲学へ』（ミネルヴァ書房）には、音研創立時代のことも書かれていて大変興味深い。今や精神医学界の泰斗として功成り名を遂げた木村さんの五〇年前の様子を思い浮かべてみるとき、感無量のものがある。

その木村さんにいつも悪口を言っていたのが、芦津さんであった。何時であったか、木村さんがバッハ（マイラ・ヘス編曲）の「主よ、人の望みの喜びよ」を弾いたことがあって、これが大変素晴らしい演奏であったので私がそう言ったところ、芦津さんは「あかん、あかん、あんなの全然あかん。木村は手が固うて、固うて、それに我流やからなっとらん」と酷評したものである。

芦津さんは、ピアノを始めて僅か二年でベートーヴェンの「熱情ソナタ（ヘ短調　作品五七）」を弾いたのだそうで、実際、同期の松田（藤夫）さん（工'49年入学）も含めて、その練習ぶりはものすごいものであったらしい。そのような猛練習から生まれた自信によるものであろう、芦津さん本人の言によれば、「俺は何でこんなにうまいんやろう」と不思議に思ったこともあったそうである。一方で、他人に厳しいのはいつの世も同じで、松田さんがショパンの「子犬のワルツ」を弾いたとき、芦津さんは「松田のは子犬のワルツで無うてゴリラの踊りや」と酷評したそうである。

その松田さんの猛練習ぶりに一言触れると、薗田（宗人）さん（文'51入学）によれば、松田さんの一八番であったベートーヴェンの「悲愴ソナタ（ハ短調　作品一三）」の練習振りはまことに悲愴なものであったという。一方で薗田さんは、強烈な自己主張に貫かれた松田イズムに敬意を表しつつ、そこに音研ピアニストの原型ともいうべきものを見ていたようである。

その頃の音研にて

「長らへて世にあるも、げに考ふるべきことなり。音研など言ひて、美はしき心もてる人どもの集まりあれば心ひかれ、（中略）よごれぐぁらすの敗れ目よりのぞき見れば、民の愁へ、国のそこなはるるをも知らず、狂ほしき声張り上ぐる、悪しきさまして楽器などかき抱くあり――」

これは、当時工学部三回生の相沢（輝昭）君が『音研』第八号（一九六二年三月刊）に記した、その頃（一九六〇年前後）の音研ボックスの様子である。彼の冷静な観察によれば、声楽やヴァイオリンに熱中する学生も結構いたことが分る。しかし、その頃の音研ではピアノが主流で、旧制三高以来の古い（よく言えば、伝統ある）アップライトのピアノさえその争奪戦は大変であった。

私が音研に入ったきっかけは、入学したとき、宇治分校に音研の紹介に来られた浜中（淑彦）さん（医'52年入学）と初めて会ったことによる。これが一生の不覚で、お蔭で私は卒業するまで学問研究・真理探究を放り出して、毎日下手なピアノにしがみつく羽目に陥った次第である。そして、先輩方の影響を受けて授業をサボる術を学び、この曲弾けるようになったら「単位」一つ落としてもいい、などと本気で思いつつ、先生にも恵まれて毎週のレッスンにも欠かさず通い詰めた。バイエルを卒業して次第にモーツアルトの「ハ長調ソナタ　K三三〇」やシューベルトの即興曲　作品一四二（へ短調および変イ長調）などに打ち込むようになったが、はたから見れば、私の練習振りもかの松田先輩に劣らず〝悲愴〟なものであったに違いない。

その頃、古典合唱や千秋さんの指導による「対位法」の勉強会なども開かれたが、いずれもあまり長く続かなかった。ピアノが盛んであったのは、やはり音研の伝統であったろう。当時、多くの優れた音研ピアニストがいた中で、渡辺（和雄）さん（医'55入学）のバッハ「イギリス組曲第三番」、森（絢子）さん（文'58入学）のベートーヴェン「ホ短調ソナタ　作品九〇」、井狩（彌介）君（法'60入学→文）のモーツアルト「イ短調ソナタ　K三一〇」の演奏は今も忘れられない。その他、日常の練習や発表会など、多くの音研ピアニストの演奏からは、どんな名演奏家も及ばない程の感銘を受けたものである。

エピローグ

薗田さんは、卒業後数年経った頃、「音研ピアノ史」（『音研』第七号、一九六〇年一一月刊）の中で「何故か音研で弾いたピアノの味と、色々なシーンは、特別な額縁に入れられた童話の世界のようだ」と書いておられる。ピアノに限らず、声楽であれ、ヴァイオリンであれ、何であれ、どんなに拙いものであっても、一曲一曲に己の（一〇八ならぬ）八八の煩悩（？）を注ぎ込み、自分なりの音楽を創り出そうとひたすら努力した人にとって、音研で過ごした一時期は何物にも変え難い貴重なものであろうし、それはやがて時間とともにその人の〝童話の世界〟に入って行くのであろう。

京都を離れて既に半世紀近く経過したが、私は今も時々音研のことを思い出す。そのようなとき、金内（以恵）先生（二〇〇二年没）のレッスンに、台風のときも欠かさずに通ったこと、夏でも冬でもめったに空くことのなかった古いピアノのこと、（雑然とした）ボックスで様々な議論を交わしたことなど、その頃の風景の一コマ一コマが鮮明に蘇ってくる。こうした音研時代の思い出は、多くの演奏会や、既に鬼籍入りされた方々をはじめ、そこで出会った多くの人々の面影を含めて、今も私の胸裡に生きている。そして、若いときから予感していたように、名誉も地位も富も、この世のどんなに価値あるものも、この〝特別な額縁に入った一枚の絵〟――音楽とともにあった青春の日々――には遠く及ばないのである。

（二〇一〇・九）

小尾さんとゲーテに寄せて

『ゲーテとの対話』

早いもので、昨年（二〇一一年）八月一五日に小尾俊人さんが黄泉《よみ》の国へ旅立ってから一年近く経つ。享年八九歳。私にとって、わずか数年間の付き合いであったが、同じ信州諏訪地方出身の後輩の眼から見た、小尾さん晩年の一側面を振り返ってみたい。

私が初めて小尾さんと出会ったのは七年ほど前のこと、新宿の朝日カルチャーセンター（ACC）である。大学を定年になり、長年の課題であったドイツ語（の読解力）をbrush-upする必要に迫られ、幾つかの語学学校を廻ってみた末、当センターに辿り着いたのである。丁度、エッカーマンの『ゲーテとの対話』第一巻（の後半部）をあるドイツ文学者の指導の下で読んでいた。そのクラスの受講生は一〇名程度で、私のように現役を退いた人が多かったが、中にはトーマス・マンの『魔の山』（原書）を初めから終りまで〃なめるように〃読んだ女性もいれば、旧制高校で一年間、ドイツ語の厳しい訓練を受けた人（仮にT氏と呼ぶ）がいて、難しい言葉や複雑な構文のところになると、DudenやWahrigなどの独独辞典を引合いに出しては先生の解釈に異論を唱える。さらに、小尾さんの発想がユニークで、時にはロマン・ロランの見解などを披露して厳しいコメントを発することもある。それは、単にドイツ文を日本文に置き換えて満足するのではなく、行間を読み、その背景を探るというもので、主に歴史的観点からゲーテの人と作品を捉えようとするものであった。

このように、レベルの高い語学力と多様な人生経験を持つ受講生を相手に毎週一コマ（九〇分）の授業を続けるため、講師の先生は毎回念入りな下調べをしてきていたが、それでも結構、〝しんどい〟であろうと同情したものである。これが直接の原因か否かは分らないが、間もなく『ゲーテとの対話』第一巻を読み終った後、別の講師に入れかわり、戦後活躍したドイツの作家、ハンス・ノサックの歴史小説を読むことになった。ところが、作品自体が悪い訳ではないが、この先生の指導法が、我々（小尾さんやTさんや私）には気に食わない。結局我々三人はACCを〝脱藩〟することになる。

以後三人は、何回か新宿の中村屋などに集まって、どのテキストをどのようなメンバーで読み進めて行くか、について話し合った結果、小尾さんの強い希望に沿って『ゲーテとの対話』を第二巻から読むことになった。その間、一学期だけ上智大学の（夜間の）公開講座に通い、ゲーテの『イタリア紀行』（の一部）を読んだこともあった。

小尾さんは後に、先行きの短い年齢になって、限られた人生の時間を質的に高いものにしたいという本能的な要求を満たすためには読書以上のものはない、そして、丁寧に読む最善の本としてエッカーマンの『ゲーテとの対話』を選んだ、と述べている【注1】。かの岩波茂雄は、「出版屋は本を読んでいては商売にならない」という言葉を残したそうである。小尾さんは長年、編集者として非常に多くの本を〝あわただしく〟読んできた筈であるが、「良書を丁寧に読む」という願望を常に持っていたようである。

同じ志を持つ仲間は六名になった。その内四名は現役を退いた男性陣で、さらに、ドイツで数年間の滞在経験を持つ若い既婚女性二人が加わることになった。以来四年余りの間、二週間ごとに神田神保町の喫茶店の一室に集まり、各人一回一ページ程度の担当部分を前もって和訳したものをコピーしてメンバーに配り、朗読と翻訳をする、という形で本書の購読を続けてきた。遅いペースで、歴史や時代背景、それに現代史など多くの話題についての談論を交えながら、ゲーテ晩年の思考過程と当時のヨーロッパの歴史的背景を追体験することは大変興味深くもあり刺激的でもある。

『ゲーテとの対話』は、一八二三年、三〇歳の文学青年であったエッカーマンが単身ワイマールにやってきて以来、一八三二年三月にゲーテが亡くなるまでの約九年間、（七四歳から八二歳までの）ゲーテとの間で交した会話や直接見聞きしたゲーテの日常生活の様子を記録したものである。一九世紀初めのワイマールという〝田舎〟からゲーテがドイツと世界をどのように見ていたのか、そこでゲーテがどのように晩年の創作活動に取り組んだのか、さらに、日常の宮廷社会や多くの知的エリート達との交友関係などを含めて描いた記録文学である。全三巻の本書についてニーチェは、一九世紀末の時点で、「ドイツ散文文学の最良の書である」と評している。

本書で語られる内容は多岐にわたるが、中でも極めて特殊で難しい話題が『色彩論』である。これはゲーテが自ら生涯最高の傑作と考えていた作品で、「色の認識と光」の問題を追究した自然科学書であるが、その理論はニュートン光学を全否定する。この話題がテキストの随所に出てきてはゲーテが熱く語っているが、これには我々一同、大層難儀をし、閉口したものである。私は仕事柄ニュートン力学には長年つき合ってきたが、光学は別で、「そもそも光とは何ぞや」などという深遠な理論はさっぱり分からない。高名なドイツの物理学者・ハイゼンベルクはゲーテの『色彩論』とニュートン光学を比較考察して、ゲーテの自然観に理解を示した論文を書いている。その論文の邦訳版を小尾さんの勧めで読んでみたが、その論文自体がまた難しい。『ゲーテとの対話』の日本語訳は今までに二、三出ているが、翻訳者であるドイツ文学者がゲーテの色彩論を正しく理解していたか否か、いささか怪しいものだと（失礼ながら）私は思っている。

戦前、戦中、戦後、そしてそれから

小尾さんは生前、「ゲーテは我々の人生の師である」と言っていた。『ゲーテとの対話』にしばしば現れるUrpfranze（原植物）に象徴されるように、ゲーテは、この世に存在する多様な現象の底に一貫して流れる根源的なものを求めていた。小尾さんはそのようなゲーテの思想に共感していたに違いない。テキストの一ページ分をA3の紙に拡大コピーして、そこに辞書などで調べたことを細かに書き込んでいた。実際、歴史的事実や、幾つかの詩については下調べが行き届いていた。また、ゲーテ七四歳のときの「マリーエンバートの悲歌」には最後まで強い興味を持っていた。

我々の読書会では、テキストに関連したこと以外に様々なことを議論してきたが、繰り返し論じた話題は戦前・戦中・戦後という日本の現代史の問題であり、それに関連して教養（Bildung）の問題であった。小尾さんは、教養の要《かなめ》は外国語と歴史であるという考え方を持っていた。外国語とは日常会話のことではなく、外国の文化・思想の吸収と相互理解のことであり、歴史とは古典を中心に据えたものである。これは旧制高校の教育・訓練法でもあり、イギリスのパブリック・スクール、ドイツのギムナジウムなどの伝統的なエリート教育法と共通する。小尾さんは日頃、「戦後の教育改革で、（GHQに迎合して）旧制高校を潰したのは間違いで、本当は文部省を潰すべきであった」と主張していた。

小尾さんがよく話していたのは、旧ソ連の官僚の残した膨大な文書類のことである。将来（自分達に）不利になるやも知れぬ文書を含めて、全て残しているのだそうである。これに反して、わが国のエリート層である（ホントかね？）日本の官僚は、肝心の文書を残さない。戦前・戦中の「日本権力の無責任」を指摘したのは丸山眞男だそうであるが、その無責任体制は現在も続いている。実際、日本国政府のいわゆる行政指導なるものも口頭伝達が多い。最近の例では、昨年3・11原発事故についての政府の無責任体制は広く国民の知るところとなった。

Noblesse Obliges（ノブレス・オブリージュ、高い身分に伴う義務）という言葉がイギリスでは生きており、第一次世界大戦では非常に多くの貴族・知識人や富裕層の青年が戦死したという。これからの日本で、責任を負う本当のエリートをどのように育成・訓練するのか、ということは近未来の深刻な問題であり、我々の読書会でもよく議論の対象となった。

官僚論はさておいても、戦前から現在に至る多くの政治指導者、文化人、知的エリートたちの中で小尾さんに厳しい批判を受けなかった人は少ない。彼の批判は単刀直入、歯に衣着せぬ率直かつ鋭いもので、こうした論評を聞くことが、実は我々メンバーの毎回の楽しみにもなっていたことは否定できない。

一例を挙げると、和辻哲郎に対する批判が手厳しい。私は、高校三年のとき和辻の『鎖国』を読み、日本史と世界史の接点に対する新鮮な見方に感銘を受けた経験があるだけに、意外な感を持ったが、小尾さんの視点は戦後精神の原点へのこだわりにある。戦前・戦中において、倫理学者・和辻哲郎が〝当時の時流〟に乗って書いた著書は若者に大いに受け、彼らを戦場に駆り立てる役目を果した。しかるに戦後、『和辻哲郎全集』を出版したとき、〝戦後の時流〟には都合の悪くなった著作を自分の全集から除いた、その姿勢を許さなかったのである。それは著者とともに出版社に対する批判でもある。

その他、色々なことが話題に上った。歴史的かなづかひ（旧かな）と現代かなづかい（新かな）の問題（例えば、最近の文庫本では鷗外や漱石の作品を勝手に新かなに直して出版している！）、戦前の大鑑巨砲主義の問題、日本語文章表現における名詞と動詞の問題などである。広く世界史に眼を向けて、ナポレオンのこと、デモーニッシュなものについて（これには非常に深い意味があると小尾さんは語っている）、ゲーテが言及した世界文学のこと、世界宗教と民族宗教の問題など、それに現在の政治状況など、多くの話題について議論し、小尾さんの見解や経験談を聞いてきた。あるとき、メンバーの一人が「エッカーマンが〝ゲーテのことば〟を記録したように、我々も〝小尾さんのことば〟を記録して残しておくと、後世の人の役に立つのではないか」と冗談に言ったことがあるが、これは冗談で済ますべきではなかった。特に、戦前から戦後にかけての政治・社会・文化の様々な側面の様子については、我々がもっと詳しく聞いてメモに残しておけばよかった、と今にして悔やむのである。

追記

（詳細は承知していないが）小尾さんは、長野県岡谷市の諏訪蚕糸学校（現在の岡谷工業高校）を卒業した後、日本橋の小さな出版社で働きながら夜は東京外国語学校（現在の東京外国語大）でドイツ語を、明治学院で英語を学んだという。学徒動員令により、一九四三年一〇月、神宮外苑における学徒出陣壮行会に参加した後、軍隊生活を経験した。九州で敗戦を迎え、その年（一九四五年）の内に三人で「みすず書房」を創業したという。

小尾さんが戦後残した業績は、敗戦翌年に刊行を開始した『ロマン・ロラン全集』とその後の『現代史資料』に代表されるであろう。編集者としての小尾さんは、丸山眞男によれば、「アブノーマルと思われるほどの執念」を持っていたそうである[注2]。〝アブノーマルな執念〟とは穏やかでないが、頑固で理屈っぽい（ことになっている）信州人の感覚から言えば、許容範囲内ではある。

日常生活について我々の知るところでは、小尾さんの自宅の部屋という部屋は、古書店に何度か整理して貰ったにも拘らず、本で埋っていたらしい（3・11東北大震災の直後、私は、小尾さんが自室の本の山の崩壊で生き埋めになっているのではないかと心配して電話したところ、日頃の元気な声が返ってきたので安心したことがある）。また、小尾家では、自分と奥さんの毎日の食事を一週間交替で担当する〝当番制〟になっているとのことで、食材にこだわりを持つ小尾さんは、よく新鮮な魚などを買いに御徒町まで通っていた。

質素な服装で、鞄を持ち、杖を引いて（本当に）毎日、地下鉄に乗って神田神保町まで出てきて古本屋街を歩き、命の限り生きて、そして、はい、さようなら。葬式は出すな。戒名はつけるな。まことに単純明快。さわやかな一生であった。亡くなる一ヶ月前の夕方、読書会の後、我々がいつものように「じゃあ、また」と言って別れたのも神保町であった。亡くなる三ヶ月前、昨年（二〇一一年）五月上旬、丁度一〇〇回目の読書会を終了した後、メンバー全員で近くのレストランで乾杯した。そのときの写真に、ワインを飲んでご機嫌の小尾さんの姿がある。

人間の死亡率は一〇〇%である（あたり前だ）。私も既に人生の第四楽章に入り、「如何に死ぬか」を考える年齢になった。しかし、「人間、如何に死ぬか」ということは結局「人間、如何に生きるか」の問題であることを小尾さんが示してくれたように思う。私自身先行きの短い年齢になり、読みたい本はまだ沢山残っているが、残りの人生を小尾さんのように質的に高いものにできるか、といえば、それは甚だ心もとないのである。

今、小尾さんは、郷里・茅野市の永明寺山《えいめいじやま》公園墓地に眠っている。八ヶ岳山麓の、見晴らしの良いところで、天気の良いときは富士山を望むことができる。小尾さんの霊安らかならむことを祈るばかりである。

（二〇一二・五）

【注1】　小尾俊人『昨日と明日の間』幻戯書房、二〇〇九年

【注2】　松本昌次「名著を作る執念」『東京新聞』（二〇一一年八月二四日付）

小尾さんのこと

（「第一三回「復初」の集い　第二部　懇親会」におけるスピーチより）

私は小尾俊人さんの晩年の五、六年の間だけ、ドイツ語の勉強会、それもゲーテの研究でお付き合いさせて頂きました。私は、ここに居られる大半の方とは違いまして理工系の人間です。宇宙開発をずっとやってきました。大学を定年になったあと、もう少しドイツ語の力をつけなくてはいけないという必要性に迫られまして、それで偶然知り合ったのが小尾さんです。そうしましたら、小尾さんは長野県の諏訪地方の茅野市出身ですが、偶然にも、私も諏訪地方の岡谷市の出身です。ご存知のように信州人は頑固で理屈っぽいことになっています。小尾さんと話をしていると、そのことがよく分りますが、私とは気が合いまして一緒にゲーテを読んできた訳です。

我々の読書会では、エッカーマンの『ゲーテとの対話』を原文で読んでおりますが、これは晩年のゲーテの言葉を記録したものです。小尾さんは高齢であるにも拘わらず、原書を一ページごとに大きな紙にコピーし直して、そこに辞書で調べたことなどを細々と書き込み、必要に応じて自分の持っている資料をコピーしてきてメンバーに配布して説明することも度々ありました。舞台は今から二〇〇年前のワイマールです。当時、ワイマールという田舎からドイツや世界を見ていたゲーテを追体験する、という作業はとても楽しかった。それは、本の内容だけではなく、大体三時間ぐらいの間の半分以上は小尾さんの戦前・戦中・戦後の体験談の話になるんですね。小尾さんはご存知のように飾るということが嫌いな方で、単刀直入に、偉い人をそれこそコテンパンに批評します。我々は毎回、この小尾さんの話を聞くのが楽しみで一緒にゲーテの勉強を続けてきたようなものです。自民党政権の終りの頃は一年ぐらいで首相が交代して、民主党になってもまた同じことが起りましたね。最近の歴代の首相に対する、小尾さんの批判は非常に鋭いものでした。そして、その批判精神は最後まで健在でした。

そのほか軍人、政治指導者、学者などの話の中で、小尾さんが決して批判をしなかった人がおります。外国ではゲーテとロマン・ロラン、日本では丸山眞男先生と森鷗外です。小尾さんが生涯尊敬していた人たちで、この人たちの考え方や色々なエピソードをよく披露してくれました。『ゲーテとの対話』は、エッカーマンという若い文学青年が、ゲーテが八二歳で亡くなるまでの九年間、ゲーテと交した対話を記録したものです。読書会のメンバーの一人があるとき、ゲーテの例に倣って小尾さんの言葉を記録に残しておけば、後世、良い本ができるのではないか、と冗談で言ったことがありました。今考えて、戦前から戦後に至る政治、社会、文化などの状況について、小尾さんの経験談をきちんと書きとめておくべきであったと残念に思っております。

小尾さんは奥さんとの二人暮しで、その小尾家では食事を一週間交替で作るという当番制になっていたようでして、今週は俺の当番だ、と言ってはよく魚を買いに行っておりました。昨年

（二〇一一年）の七月一五日、小尾さんといつものようにゲーテを読んだあと、「じゃあ、また」と神保町で別れて、丁度一ヵ月後の八月一五日に亡くなってしまった。同郷の後輩として、幾つかの古本屋の案内をして頂いたことも度々あり、思い出は尽きません。いずれにしても、小尾さんの生き方から学ぶことが大変多かったお付き合いとなりました。とりとめのない話になりましたが、これで失礼致します。

（二〇一二年八月一五日）

イタリア式学問のすすめ

国民性とイタリア人

自分の国のことは外国に行ってみて初めて深く理解できるものだ、とよく言われるが、これは真実であるだけに我々日本人には耳が痛い。ゲーテの言葉「外国語を知らない者は自分の母語についても無知である」と表裏一体をなすものであろう。

ヨーロッパ、或いは狭い範囲の西欧ともなれば、人種も言葉も文化も宗教も生活習慣も異なる多くの国が国境を接していているだけに、お国自慢やその反対の他国の批判や悪口も多い。

西欧諸国の中で、江戸時代から明治を経て現代までの間、日本人と関係の深かった国はイギリス、フランス、オランダ、ドイツ、スイス、イタリアであろう。この中で、イギリス人とフランス人は、はたから見ていても肌合いが違うようである。英語でダッチ・トリート（Dutch Treat）は割り勘のことを意味し、ダッチ・ロール（Dutch Roll）と言えば、これは航空機の横揺れ（の一タイプ）を示す航空工学の専門用語である。こんな英語の表現は現代オランダ人にとって決して心地よいものではなかろう。もっとも、ここで言われるDutchとは広くドイツのことを指すのだそうである。

どこの地域にせよ、近隣国民は相手の欠陥がよく見えるため、仲良くできない要素が多い。キリストが「汝の隣人を愛せ」と言ったのは、人間の性《さが》として、それが非常に難しいからだという説がある。

あるときの学会で、知り合いのスウェーデン人と立ち話をしていて、話が西欧の国々の国民性に及んだとき、彼は周囲を用心深く確認してから「ヨーロッパの言い伝えを教えてあげよう」と言う。曰く「イギリス人の食事、ドイツ人の描く絵、イタリア人のManagement（マネージメント）」。世界三バカの類であろう。こうした言い伝えやJoke（冗談）の中には時に国民性の一端を表すものもある。例えば、ドイツ人はユーモアのセンスに乏しく観念論的思考を好むがマジメで勤勉である、と言われる。それに対して、イタリア人に関する評判はどうも芳しくない。ただ、こうした評判には皮相的なものが多く、本質は随分違っていることがあるのもまた事実である。イタリア人に関する風評などはその最たるものであろう。

ニューヨークのイタリア人たち

私が初めてアメリカに留学したときの大学（大学院）の教授陣・研究者・学生には様々な国の出身者がいたが、中でもイタリアからの留学生が多かった。それは、後に記すように、航空宇宙分野で世界的に高名なイタリア出身の学者がいたためである。留学生の中にイタリアのフェンシング代表の選手がいて、これが陽気でお喋りで騒々しいこと、この上ない。東京オリンピックで銅メダルを取ったという。彼の説によれば、それまでの試合で多くの国を訪れたが、東京が世界で一番美しい街なのだそうである。しかし、その理由はここでは書かない。

ミラノ工科大学出身のアドルフォ（Adolfo Reggiori）君とアルドー（Aldo Ranalletti）君はともに優秀な研究者で、アドルフォ君は一年前から来ており、あと二年ほどでPhD（博士号）を取得する予定であった。彼は長身で、いつもパイプをくわえて静かにゆっくり考えるイギリス人タイプであり、研究対象をじっくりと深く追究するのが常で、後に学者として大成した。一方のアルドー君は、少し移り気なところのある直感タイプの人間で、彼が引いた（実験装置の）図面を見ると、非常に美感覚に優れていることが分る。

アルドー君は私同様初めての留学であり、初め、彼の英会話の実力は私と同じ程度の拙さであった。ハンサムで気持ちの優しい男で、ミラノ育ちだけあって服装などのセンスは抜群である。活発でお喋りで、我々は大学院生でもあるので幾つかの授業を取っていて宿題も試験も多く、自由時間は余りないのだが、それでも彼は（若い男女の集まる）パーティや音楽会などを見つけてきては友達を誘う。研究所では毎日顔を合わせているのに土日になると頻繁に私のアパートに現れて、休日に勉強するのは健康に良くないなどと理屈を並べるので、結局我々は時に大学キャンパスで卓球や水泳などで遊び、時に郊外に出かけたり、映画を見たり、バーなどに行くことになる。いつも遊び心を忘れない〝イタリア人の国民性〟には呆れ、かつ感心したものだ。

ある日の午後、アルドー君と二人で小さなスナックのカウンターでコーラか何かを注文したとき、グラスにストローがついて出てきた。すると、彼は突然、「これは本物のStraw（麦わら）でないのに、どうしてストローと呼ぶのですか?」とカウンターの向こうの女主人に聞いた。すると、このマダム、「私が何でそんな難しいことを知っていなければいけないの?」と怒り出した。彼は、道を歩いていて何か知らないものを見つけると、誰にでもそれは何か、英語で何と呼ぶのか、と聞いていた。

彼のお喋りの効果は間もなく現れて、半年後には実にきれいな発音でアメリカ人と遜色なしに早口で会話するようになっていた。台湾人の楊《ヤン》君や私は、半年経っても映画の半分も分らないのにアルドー君は完璧に理解していた。逆に、研究所の若いアメリカ人スタッフの〝乱れた英語〟を正すようになっていた。何しろ“He don't go.”などと平気で言う人が結構いるのである。

アルドー君には自慢の妹君がいる。彼女はニューヨーク市の北西、地方都市イサカ（Ithaca）にあるコーネル大学に留学しており、週末になると度々、フォルクスワーゲンを運転してやってきた。数時間かかる遠方から若い女性が一人でドライブして行き来するのは大変であろう、と誰かが訊ねると、アドルフォ君が「怠け者の兄貴がまじめに勉強しているかどうか心配なので、監視に来るのだよ」と解説したものである。この妹さんは実にしっかりしていて、その上、大変な美人であった。大体、イタリアの若い女性には美人が多いのだそうである。あるドイツ語の先生は若い頃、ドイツに留学したが、その半年間に遭遇した美人はたった二人だけだったという。ところが、帰国する際、イタリアを旅行したところ、そこで眼にした若い女性は会う人会う人みんな美人なのでびっくりして、自分は一体何のためにドイツ語なんか勉強してきたのだろうか、と人生に疑問を抱いたそうである。

あるとき、アルドー君の友人の若い大学助教授（今の言葉で言えば、准教授）がイタリアからやって来た。この先生もまた、陽気でおしゃべりで騒々しい。この先生の運転でレンタカーの大型車に我々数人が乗って郊外に出かけたとき、進入禁止の道路に入ってしまい、警官に呼び止められた。すると、この先生、今まで運転しながら大声で英語を喋り続けていたのに、警官がやってくると途端に英語を一言も口にしない。イタリアの国外運転免許証を示し、ゼスチャーたっぷりに早口でイタリア語を喋るばかりで会話が成り立たない。とうとう警官が根負けして無罪放免になったことがあった。

アルドー君の思いつきで、アドルフォ君の大型車に乗って三人でワシントン（Washington, D.C.）に出かけたことがある。三月中旬の週末のことで、郊外のモーテルに一泊した。このときの写真を見ると、我々はまだ雪の残るワシントン市街で厚手のオーバー・コートを着ている。もともと、アルドー君が途中のボルティモアで名門のジョンズ・ホプキンス大学を案内するというので私もついていったのであるが、我々はこの地の繁華街で、かの美しき舞台芸術を鑑賞することも忘れなかった。

ある休日の午後のこと、アルドー君と二人で軽食レストランに入ってピザを食べようということになった。ビールを飲もうかという話になって、私が「君はどうする？」とアルド一君の意向を聞いた。すると彼は、人のことは気にせずにまず自分（私）の意思をはっきりすべきだと言う。そこで、私が「じゃあ今日は飲まない」と言うと、途端に彼は「では僕は飲むよ」といって注文した。冗談のつもりもあったに違いないが、人のことよりもまず自分がどうしたいのか、自己主張をはっきりすべきだ、というのである。

新年になり、ミラノからアルド一君の両親がやってきて、陽気なイタリア人の家族団欒の一端を垣間見たこともある。アルドー君やアドルフォ君とは専門分野のことに限らず、宗教や戦争のことなど、様々なことについて議論した。一度、アルドー君が中学生の時、自分の宗教（カソリック）に疑問を持って悩んだ、と言う話をした。そのあと、日本のシントー（神道）とは何か、と聞くので私は、「自分は一応仏教徒と言うことになっているので、神道については良く知らないが、あれは一種の美意識・美感覚なのではないかと思う」と言ったところ、彼は、「カソリックも美意識なのかも知れない」と答えたことがあった。

丁度一九六七年六月、第三次中東戦争が勃発して（ユダヤ人の多い）ニューヨーク市全体が騒然となった。ベトナム戦争も激しさを増していた。その頃、理科系学生は徴兵を免除されていたが、近いうちにそれが廃止になるという噂が流れ、アメリカ人学生が日々の政治ニュースに神経質になっていた。その後アメリカでは、徴兵制度が廃止され、現在は志願制に変っている。

超音速空気力学のパイオニア

私がニューヨークの大学で師事した先生は、アントニオ・フェリ教授（Prof. A. Ferri）で、NASAの資金で建設された（大学附属の）研究所の所長を務めていた。超音速空気力学のパイオニアで、イタリア出身の天才科学者であった。フェリ先生は、二〇代の若いとき既に、イタリアで世界最初の超音速風洞を作って基礎研究を始めていた。一九三〇年代、戦闘機が音速の半分にも届かない速度で飛んでいた頃である。第二次世界大戦の後半、イタリアが敗れて国内が混乱していたとき、ドイツ、イギリス、アメリカがこの天才科学者を招聘（確保）しようと争った。当時はまだ〝音速の壁〟の正体も分らず、そのため航空先進国は、より高速の航空機を開発するためにフェリ博士の理論と経験を必要としていたのである。彼は一九四四年、連合軍によるローマ開放（占領）の後、アメリカ政府の招請に応じて渡米し、NACA（NASAの前身）の一研究所で超音速空気力学の指導と研究に当ることになった。

彼は情熱家で親分肌タイプのイタリア人で、後に、NACA研究所から大学に移って研究者を育てた。何人かの日本人研究者も先生の指導を受けている。コトバの面では、イタリア語訛りがひどいことで有名であった。アメリカで最初に超音速空気力学の指導を受けたNACAの研究所の（当時の）若手研究者が後に語ったところによれば、先生の連続講義は最初から最後までイタリア語であったため、〝生徒側〟が堪らずイタリア語の勉強を始めたそうである。

私が渡米する前、フェリ先生と親交のあった東大教授（当時）の谷一郎先生から「君がフェリさんの講義を理解できるようになるには、イタリア語も勉強する必要があるだろうなぁ」と同情され、かつ激励された。

フェリ先生は授業では教科書を使わず、毎回一〇数ページから二〇ページ位までの自筆の講義メモを配布する。これが、この上なく読みにくい手書きの Italian English であるため、学生は皆その解読に難儀した。一方で先生はいつも「君たちは私の英語を真似してはいけないよ」と念を押していた。

あるとき、フェリ先生の講義で出された難解な問題（宿題）に対して私は、多くの文献を徹底的に調べて手がかりを見つけ、そこから問題を解き、〆切の日に、小論文にまとめて提出したことがあった。学生の提出書類を返却するとき、フェリ先生はこの点について皆に言った。一つの課題を追究するとき、ミヤザワのような手法もあるが、これはよくない。過去に他人がやったことから道を見つけるのではなく、まず自分の頭と常識で方向性を見つけるべきで、その際、必要に応じて幾つかの文献を調べればよい。あくまで自分がその課題をどう捉えるかの問題であり、最初から自己主張を全面的に押し出せ、という教えであった。私もその例に漏れないのだが、一般に、日本人研究者は徹底的に文献を調べることで知られている。私が、科学の法則や理論には、それを導き出した科学者の個性が色濃く投影されていることを理解し、フェリ先生の言う自己主張論を肯定できるようになったのは、もう少し後のことになる。

フェリ先生は講義中に度々、有名な学者の書いた専門書（複数）の中の誤りを指摘し、その根拠を解説した。名前に惑わされてはいけない、自分の常識で判断せよ、と彼は言う。我々学生は半信半疑になり、研究室に戻って何人かで協力して調べてみると、フェリ先生の言うとおりであることが判明した。問題はアドルフォ君が指摘したように「常識といってもフェリさんの常識と我々の常識ではレベルが全然違うからなぁ」という事実であり、嘆きであった。

アメリカの大学に留学して気がついたことがある。Discussionという習慣で、研究者や学生が、自分の考えていること、理解していることが正しいか否か、別の人と話し合って確かめる、という手法である。学生同士のことが多いが、我々はよく教授や助教授の先生方にDiscussionをお願いした。フェリ先生はよく我々に応じてくれた。ところが、例えば、私の質問が終わるか終わらないうちに、フェリ先生は直ちに、これはこうだと早口で答える。こちらが理解しかねていると黒板に書く。それでも分らないときは、次の日の朝、私の机の上に数ページの手書きメモが置いてある（先生は朝五時半には研究所に来ている）。彼の口癖は"You follow me?"（分ったかね？）で、そのとき、「この男は分ったのかな、大丈夫かな」と推し量るような、同情するような、独特の顔つきになる。その表情を今も思い出す。

既に半世紀近く前、私は初めてニューヨークに行き、そこから世界と日本を眺めていた。その後私は、PhD（博士号）を取得するために再び留学したのだが、やはり、最初に留学した一年間のニューヨーク体験が最も印象深く残っている。多くのアメリカ人や日本人や台湾人の友達との交流、開設されたばかりのリンカーン・センターでの演奏会やオペラなど、最初の一年間に本当に色々のことを経験した。中でも特に、アルドー君やアドルフォ君などイタリア人の友人とともにフェリ先生の研究所でよく学び、よく遊んだ青春時代の一時期のことは忘れ難い。

帰国して宇宙開発の仕事に就いていた一九七五年の暮れ、フェリ先生が急逝したという連絡を受けた。六三歳であった。東京大を退官して日本大におられた谷一郎先生に報告に行った。二五年後、私が静岡大学で教鞭を執っていたとき、ニューヨークでフェリ先生の没後二五周年記念の集いが企画され、その誘いが届いたので、私も参加した。一友人（アメリカ人）がロングアイランドの浜辺に接した自宅に何人かの我々元学生を招いてくれた。皆で昔話をしていたとき、誰かが彼の書棚からNACAの有名な一論文（Annual Report）を見つけた。表紙にはフェリ先生の署名がしてある。この友人が弁解した。「この論文はフェリ先生には必要ないので、ぼくが先生の部屋から黙って貰ってきたのです。先生の精神を引き継ぐためなんだよ」と。我々一同、A・フェリ博士の精神とは何であったのかについて議論を続けた。

（二〇一四・一）

Ⅳ

濱多津先生のこと

年の暮れに年賀状を出して、今年は新年早々学会出席のためアメリカ西海岸に出かけ、帰国してから受け取った年賀状に眼を通していたところ、見慣れぬ人からの葉書に気がついた。それが、濱多津先生ご逝去の一報であった。高校入学以来ほぼ五〇年にわたり、先生とは随分長い間の交流が続いたので、思い出すことも多く、今はまとまりがつかない。ここでは、私事を中心に最近のことに絞って報告する。

ここ数年来私は、年賀状に古典からの一文（例えば、更科日記、徒然草、芭蕉など）や私感の断片を印刷して〝私の新年の挨拶〟としてきた。今年は、間もなく定年を迎えるので、孟子の有名な一句に続いて、「(私自身は) モーツアルトと銘酒を友に自適の人生第四楽章を送りたく――げに下戸ならぬこそをのこはよけれ」という短文を印刷し、年賀の挨拶とした。多津先生にも送った。

浜松で受け取った葉書の差出人は「濱（大峡） 晋子」とあり、その横に手書きで多津長女と書き添えてある。葉書の内容を以下に記す。

早々に賀状頂き、有り難うございました。母、濱多津、昨年一二月一四日、急性心不全のため帰らぬ人となりました。故人の遺志により身内のみで葬儀を行い、諏訪市温泉寺墓地に埋骨致しました。諏訪家の墓地に向かって右下道路沿い、諏訪湖を眺めて眠っております。皆様の御厚情により九六才、最後まで、病むことも無く母らしく、自立した人生を真当し得たこと、ただただ感謝申し上げます。母の遺志により、御香典等御供物は一切遠慮させて頂きます。温泉寺へのおついでの折、母を訪ねていただければ幸いです。私も母を見習い、残生を諏訪で過ごすつもりで居ます。皆様の御多幸と御健康を心よりお祈り致します。平成一六年睦月

葉書の余白に一言書き添えてあった。「李白ほどには飲まず孟子にはならず、これからが人生と母は申すでしょう。春頃には私も諏訪に居ります。おでかけくださいませ」と。私も十分老成し（ホントかね?）、これからは心置きなく飲んで暮らそう、と考えていた矢先、また先生に叱咤激励された心地こそすれ。先生のご冥福を祈りつつ――。

（二〇〇四・一）

追記

ぞなむやかこそ　私は、高校の三年間を通して濱多津先生に国語の指導を受けた。そのうち、

一年の時はクラスの担任でもあった。当時、旧制中学校時代のバンカラ気風が（幾分かは）残っていた我々の高校で、女性の先生は多津先生だけであった。（また、全三学年の生徒約八〇〇人のうち女子生徒は一〇人程度であった）。男の先生の多くにはチーター、マムシ、ゼッチャン（禿げ頭に由来）、チンキ、ユーレイなどと綽名がついていて、ゴッサマと呼ばれていた世界史の先生は、自分の綽名はゴータマ・シッタルダに由来する「高貴な名前」であると自ら解説していた。

濱多津先生は、地元出身でお茶の水女子大学（の前身）を卒業された。当時の我々の親と同年代であり、我々は通常「たづさん」と呼び、時には「ばあちゃん」とも呼んだが、こちらは四十歳代半ばの先生に対して少々失礼な話ではあった。

我々が入学して間もなくの頃、ホームルームの時間に先生が「皆さんは将来理数系に進みたいという希望が多いのに、図書館で調べてみると、みんながよく読んでいる本は案外、文学系統が多いようですね」と言った。実際、私の場合、高校入学直後、最初に図書館から借り出して読んだ本はM・ミッチェルの『風と共に去りぬ』（大久保康雄訳）であった。

一年の時の国語は、英語・数学とともに毎日各一時間（五〇分）の授業が週五回乃至六回あった（当時、一般に土曜日は半ドンであった）。現代文では主に教科書により、三好達治や萩原朔太郎の詩から入り、芥川龍之介をはじめ多くの現代作家を読み、更には、ロマン・ロランの『ジャン・クリストフ』（翻訳の一部）を読んだ。辰野隆の「「坊っちゃん」管見」という洒脱なエッセイについて色々議論したこともあった。

ただ、何といっても、多津先生が力を入れたのは、平安朝文学を中心とする古文に親しむことであり、そのため、文語文法と国文学史を我々に徹底的に叩き込んだ。入学した直後、我々が最初に覚えた言葉は、いわゆる〝係りの助詞〟「ぞ、なむ、や、か、こそ」という文語文法の初歩であった。文語文法は、平安朝の「中古文」を頂点とする古文の書き言葉のルールである。文法は、言語の背骨であるので、まず、これを身につけることが必須であり、その上で多くの作品を読むことにより、古典の世界に入ることができる。これが多津先生の考え方であり、これは、英語など、外国語習得の奥義にも通じるものである、と私は今も信じている。

余談になるが、我々の時代、口語文法は中学時代に学んでおり、系統的な文語文法は、高校になって学ぶ領域であった。私は常々、日本語の口語文法は、小学校高学年で身につけることが（カタコトの英語を憶えるよりも遥かに）望ましい、と考えている。

高校一年の時の授業では、『徒然草』から入って『枕草子』など、主要な作品をゆっくり読み進んだ。ある時、万葉集の一首

若の浦に潮満ち来れば潟《かた》を無み葦邊《あしべ》をさして鶴《たづ》鳴き渡る

を、ある生徒にあてて朗読させたことがあった。すると、この生徒、「たづ鳴きわたる」のと

ころで、急に大声で読んだのでクラス中大笑いになったことがあった。また、平安時代の何かの中古文を読んでいた時、美人の話が出てきたところで先生は、「ここに書いてあるように、昔から日本の美人の条件は、第一に小柄であるっていうことだわね」と笑いながら言ったことがあった。先生は、実際、小柄なのである。

高校一年の終り頃から（文法が頭に入った後）私は、古語辞典を引きながら幾つかの古文の作品に親しむようになった。特に、（授業では扱わない範囲の）『伊勢物語』『土佐日記』『更級日記』『大鏡』『方丈記』などを短い期間に読んだ。『大鏡』は、平安時代の歴史物語であり、藤原氏一族の権力闘争の話が生き生きと語られていて、大変興味深く、興奮しながら読んだことを記憶している。

『竹取物語』は確か二年の時、原書を読んで感想文を提出することが夏休みの宿題となった。この時、（別のクラスの）二木隆君は、この物語は壮大なシンフォニーであるとする長文の感想文を書いて、多津先生から絶賛を得た、とのことであった。

高校二年の中頃、ある上級生と同期の矢崎秀一君とが『源氏物語』を全部読んだ、という話を聞いて、私も挑戦してみようと思い立ち、岩波文庫（原書）を買って読み始めた。しかし、古語辞典と首っ引きでも、よく理解できない。やはり、『源氏物語』の世界は奥が深く、ことばの点でも人間の機微の面からも私には難しすぎた。そこで、多津先生に相談したところ、先生は次の日、谷崎源氏（谷崎潤一郎による現代語訳）を二、三冊持ってきて貸してくれた。そのとき先生は一言「きれいに使って下さいね」と言われた。各巻箱入りの大変きれいな装丁であった。後に調べてみると、谷崎源氏は全部で三回出版されているが、おそらく第二回目のものであったようだ。先生が他界された後、先生の長女の方から聞いた話では、この谷崎源氏は、先生が生前、特別大事にしていたのだそうである。私は、古語辞典を引きつつ原書と谷崎源氏を交互に読み比べながら、「桐壷」、「帚木」から始まって、「須磨」、「明石」のところまで読んだところで三年になり、学友会の仕事もあって、それ以上進むことができず、私の『源氏物語』体験は「明石」で終った。

今も私の本棚には古びた二冊の本、『明解古語辞典』（金田一京助監修、三省堂）と『国文学史の研究』（塩田良平著、旺文社）が残っている。自分で作り直した古典文法の変化表も数枚、本に挟んだまま残っている。多津先生の指導の証として、六〇年間生き続けたのであろう。

脱皮の問題　高校を卒業して、学生時代、社会人になってから、私は、年賀状の交換だけでなく、時折、先生に手紙を出した。先生からも返事が届いた。夏休みや冬休みの帰省中には何度か下諏訪の先生のお宅を訪問した。それは、社会人になってからも数年間は続いたと思う。大学に入った年の年末年始休暇の際、片思いの初恋の女性に初めて松本で会ってきたことを報告したとき、先生は微笑みながら「これから、その人（ひと）を育んで行く訳ね」と言った。多津先生の発想の中に平安時代の感覚を見たような気がしたものである。

大学を出てから数年の間、私は、自分の本来の進路・生き方について随分悩んでいて、もう一度大学に入り直して国文か独文か哲学をやり直すべきか、と悩み、先生に相談したことがあった。学生時代、（学生側から見て）六〇年安保闘争の日々を私なりに経験したことが契機となって、自分がこのまま科学技術の一層の発展を追求する道を進んでいてよいのかという疑問を抱き始めたことによる。当時、亀井勝一郎が「日本人の精神史」を古代に遡って追求する著作を出版し始めたことなどにも影響を受けていた。ニューヨークに留学する少し前のことで、その頃の私の憂鬱については、本書にも書いたが、私は『三文評論』に「雪とメルヘン」、「学生さんの街」などのエッセイを発表していた。

初めてアメリカに留学するとき（一九六六年初秋）、私の出国が書類の不備により予定より三週間ほど遅れた。この空白の日々に私はいわば遺書のつもりでアフォリズム主体のエッセイを書いて『三文評論』編集部に送ってからアメリカに出発した。「さすらい人に寄せて」と題したもので、本書には載せていない。何故遺書かと言えば、その年は、大型旅客機の墜落事故が続いたからである。多津先生は、編集部の依頼に応じて、私のその作品に対する批評・コメントを書き、それは数か月後の『三文評論』に掲載された。先生は、この〝遺書〟を私の「青春挽歌」であると評し、私の迷いを深く理解した上で、私が小さい時からの夢を追って、正規の教育を受けた後に理科系の仕事に就いたのだから、何よりもまず、その専門の仕事に専念すべきだと断じている。その上で、私の中のディレッタンティズム癖（願望？）ともいうべきものは別に追求することができるではないか、という。先生は、私が「脱皮の問題」で悩んでいると受け止めたのである。

五〇年以上前の多津先生の一文を読み直してみて、改めて先生の洞察の深さに敬服するとともに、（若いときの）私の悩みに、ここまで真剣に考え、叱咤激励して頂いたことに、心から感謝している。

先生との手紙や挨拶状の交換は先生の晩年まで続いた。私が長年にわたる（ストレスの多かった）宇宙開発の仕事を辞めて浜松の静岡大学（工学部）に赴任したとき、先生は「一番性（ショウ）に合ったお仕事と存じます」と喜んでくれた。

多津先生は、確か、定年の何年か前に高校の教師を辞めている。その後、近くの奥さんたちに『源氏物語』を教えているという噂を聞いたことがある。また、先生が逝去された直後に長女の方から聞いた話では、（悠々自適の生活の一環なのか？）四人の娘さんとともに時々、連歌の会を開いていたそうである。大伴家持に始まるとも言われ室町時代に最盛期を迎えた〝連歌〟は、その道の経験者によれば、最高の知的遊戯だそうである。先生の晩年の想いが偲ばれる。

濱多津先生が他界されて二十年近く経つ。先生の柔和な笑顔を思い浮かべつつ、改めて先生のご冥福を祈るばかりである。

追記の追記

時枝文法について　国語の授業中に多津先生は度々〝時枝文法《ときえだ》〟に言及された。系統的に講義してくれた訳ではないが、明治以来の近代国語学に対して、当時の時枝（東大）教授が独自の考え方に基づいて日本語の文法を再構築したものであるようだ、ということ位までは理解できた。後に調べてみると、我々の高校時代、丁度、教授の代表作である『日本文法口語篇』『日本文法文語篇』が出版されて間もない頃であり、多津先生は、恐らくこの〝時枝新文法〟に（どの程度かは分らないが）共感を抱き、教授の論文や著書を読んでいたようだ。つい最近、上記の二つの代表作を一冊に収録した文庫本が出版されたので（時枝誠記『日本文法　口語篇・文語篇』講談社学術文庫、二〇二〇年三月刊）、一冊買い求めた。易しい読み物ではないが、濱多津先生の薫陶を受けた生徒の一人として、高校時代の国語の原点に戻って、ゆっくり味わってみたいと考えている。

（二〇二〇年六月）

『三文評論』の頃

学生時代の頃のことを色々思い返してみると、やはり、六〇年安保の頃の印象が一番強く残っている。一九六〇年（昭和三五年）は大変な年であった。日米安全保障条約の改訂を巡って日本の社会全体が大きく揺れ動いていたときであり、わが国戦後史の大きな転換点になった。また、学生運動はその最盛期を迎えたときでもあった。

私は学生運動の積極的な活動家ではなかったものの、〝リベラルな一般学生〟として、全学ストライキやデモや府学連の集会にはマジメに参加した。当時、唐牛《かろうじ》健太郎（北大）など、全学連（全国学生自治会総連合）のリーダーたちが東京からやってきて〝アジ演説会〟を開いたときなど、キャンパス内の会場は学生で超満員になった。

デモに参加する学生の多くが全学連主流派のブント（共産主義者同盟）を支持していたが、その理由は理論やイデオロギーというよりもむしろ各個人の感覚に基づいていたものであったようで、私もその例に漏れなかった。

一方で私は、どんなことがあっても、音楽サークルの活動は続けており、そのため、授業に出るヒマのない程忙しい毎日であった。京都で過ごした四年間、私は、緊張と高揚感に満ちた、生涯で最も充実した生活を享受していた。

＊

東京に出てきて二年経った一九六四年の春、私は思い立って九州の中間市に出かけた。(諏訪清陵高校で一学年下の）河野靖好君がいたからで、そこでは、詩人の谷川雁が、大正炭鉱の閉山に際して退職者同盟（組合）を組織して労働者の生活再建を図る、というユニークな活動（闘争）を展開していた。河野君の案内で、労働者たちの住む街の中や組合の事務所を見学し、林芙美子ゆかりの遠賀川周辺を歩いた。また、谷川雁と森崎和江（詩人・評論家）が同居生活していた小さな庵（炭鉱長屋と呼ばれていた）も訪れた。このときは組合活動の暇なときであったのだろう、飲み屋と炭鉱長屋で、雁さんを中心にして政治・経済のことから科学技術の問題に至るまで、飲みながら長時間、様々な議論を続けた。河野君は、雁さんの助手のような立場であったようだ。

谷川雁には一種のカリスマ性が備わっており、河野君の話によると、東京大理学部の学生が「ここで働きたい」と当地に来たことがあって、そのとき雁さんは「お前は大学院に行け」と言って追い返したという。また、ある紛争のとき、雁さんの指揮振りが余りに見事であったため、経営者側の応援に来ていた右翼団体（？）のある若者が、雁さんのところに来て、「ぜひ子分にして下さい」と頭を地面につけて頼んだのだそうである。なお、後に東大・日大の大学紛争（一九六八－六九年）のとき、全共闘の学生が好んで用いた言葉「連帯を求めて孤立を恐れず」は、もともと谷川雁が発信したものであるという。実は、ＮＨＫがこの大正炭鉱の閉山に伴う紛争の様子を取材しており、その記録を最近（といっても今から五、六年前か）再放映したことがあり、そこに若き日の河野君の姿があった。

河野君からはこのとき、彼が早稲田大で学生運動の先頭に立っていた六〇年安保前後の全学連指導部の様子などの話も聞いた。ブント主導の執行部では、島成郎《しげお》、唐牛健太郎、北小路敏など個性豊かなリーダーたちに加えてブントの理論的支柱であった姫岡玲治（本名、青木昌彦）などが連日、大激論をしていたのだそうで、これが皆、（当時）二〇歳代前半の学生であった。六・一五、六・一九を経てブントが崩壊した後、青木昌彦氏は学問研究の道に進み、マルクス経済学から近代経済学に移って多くの優れた業績を残し、京都大やスタンフォード大の教授を勤めた。最近はノーベル経済学賞の候補に上っているようである。

＊

時間が少し前後するが、大学を卒業して東京に出てくると、学生時代と違って、極めて静かな、のんびりした研究所生活の毎日で、これが何とも居心地がよくない。同時に、安保世代の一人として、何ほどかの挫折感と閉塞感から逃れることができない。政治経済に関しては、この道の先輩格の存在である高校時代の友人・浜勝彦君や原野人君、それに高木祥勝君などと時々会っては話を聞いたが、それでも、挫折感から開放される訳でもない。しばしば音楽会に出かけ、また、毎週土曜日の午後は高田馬場の語学学校でドイツ語（文学・エッセイ・評論など）を読んでいた。一時は坂口安吾や太宰治を読み耽った。柴田翔の芥川賞小説『されど われらが日々――』に共感を覚えたのもこの頃である。世は経済成長の道をひた走り、ベトナム戦争が進行中で、ベ平連（ベトナムに平和を!・市民連合）の活動も始まっていた。東京に出て来てアメリカ留学までのほぼ四年の間、私は専門の仕事に専心没頭することもできず、いわば「東京の憂鬱」（?）とでも言うべき日々を重ねていた。

その頃私は、原野人君の誘いを受けて『三文評論』の同人になった。『三文評論』は、彼の兄上（原八峰氏）の仲間が長野市で始めた同人雑誌で、論文、評論、創作などジャンルを問わず、参加同人が作品を発表し、批評しあう場であるとのことで、同人は五〇名ほどであったろうか。一般に評論が多く、当然のことながらリベラル（左派）の傾向が強いものであった。その頃とは一九六六年春から夏にかけてのことで、原君の誘いに乗ったのは、私が上に記したような状況の中で、〝表現〟を求めていた、という事情もあった。

当時、原君はよく「俺のオヤジはマチスの弟子に絵を習ったのでマチスの孫弟子にあたる。だから、俺はマチスの曽孫《ひこ》弟子である」と自慢していた。彼の画才については論評のしようがないが、一方で、「八峰《はっぽう》」「野人《のびと》」という（原兄弟の）名前には、二人の父君の絵画的（マチス的?）

センスを感じ取ることができるのである。

画才の方はどうだか分からないが、原野人君の学業における秀才ぶりは高校時代から同級・同期生全員の認めるところであり、彼のその後が期待されていたのであるが、東京大に入学した後の彼はマルクス経済学に取り憑かれ、やがて、卒業するころになると、社会党左派（当時）の理論的指導者であった向坂《さきさか》逸郎・九州大教授の片腕になっていた。

この年（一九六六年）は不思議なことに、日本の空で飛行機の墜落事故が相次いだ。二月から三月にかけての一ヶ月間に三機の大型旅客機が墜落した。そして、私にとって初めてのアメリカ留学が決ったのもこの年の夏のことであった。同じ時期、私は二編の作品を編集部に送り、『三文評論』に載せて貰った。「雪とメルヘン」と「学生さんの街」である。私はこの年、全部で四、五編のエッセイや評論をこの同人誌に発表している。

アメリカに出発する少し前、高校時代の友人、古村哲也・笹岡拓雄・篠原健・浜勝彦（夫妻）の皆さんが送別会を開いてくれた。新宿で食事した後、皆でボーリングをして別れたことを覚えている。

その頃の原君は、アメリカ帝国主義の粉砕を旗印に活動していて、例えば、黒い飲み物（コーラのことであろう）は毒だから飲んではいけない、などと言っていた。それで、私のアメリカ留学に対しては〝断固反対〟を唱えるのかと思っていたところ、ニューヨークで受け取った彼の手紙には「柔軟な発想と新鮮な感覚でアメリカという社会をよく観察してきて下さい」と至極まともなことが書いてあったので、いささか驚いた記憶がある。

ある土曜日の午後、私のアパートに（ミラノ出身の友人）アルドー君がやって来たとき、机の上に広げてあった、到着したばかりの『三文評論』を見つけて珍しそうにページをめくっていたが、この同人誌の表題が英文で The Three Penny Review と併記してあるのを見つけて笑いだしたことがあった。

原君とは、二〇年ほど前、彼が社会党（当時）の事務局で活躍していたとき、国会議員の先生方に科学技術について〝教育〟する必要に迫られ、その一環として宇宙開発のことを聞きたいという電話があり、新橋で会ったことがある。その後、原君は新社会党に移って、今でもエネルギー問題、原発問題などで啓蒙活動を続けているようである。いずれにしても、向坂理論を学生時代から何十年もの間ずっと堅持してきた、その持久力と頑固さには唯ただ頭の下がる思いがするのである。


（二〇一四・一二）

京城《けいじょう》（ソウル）の夏

アカイ　アカイ　アサヒ　アサヒ

私は植民地・朝鮮の京城で生れ、幼時をこの地で過ごした。当時は京城府と呼ばれ、いわば朝鮮半島全体の首都であった。朝鮮語ではソウルであるが、韓国併合（一九一〇年）の前は漢城と呼ばれていた。終戦時の京城の人口は在留日本人を含めて約八〇～九〇万人程度の規模であったようだ。

物心ついたとき、既に戦争が始まっていた。日の丸をつけた戦闘機が、編隊を組んであわただしく空を駆けて行った。時々、複葉機がのんびり飛んできて宙返りをして見せた。すぐ近くの路面電車の走る大通りを戦車隊がゴーゴーと大きな音を立てながら通って行ったときは、沿道に集まった大勢の市民がバンザイ、バンザイと歓呼の声を上げていた。朝晩、遠くの練兵場からかすかにラッパの音が聞こえて来た。夜になると、探照燈（サーチライト）の光が四方八方から駆け登り、互いに音もなく交錯していた。

昭和二〇年（一九四五年）が明けて間もないある朝、どこまでも冷たく澄み切った空高く、見慣れぬ飛行機が一機、音もなく、一対の白い飛行機雲を曳きながら降下していた。一万メートル位の高度で偵察飛行していたに違いない。やがて、B‐29が九機あるいは一機で編隊を組んで悠々と低空で飛ぶようになった。爆弾を落とすことはなく、大量のビラを撒いて行った。銀色に輝く翼と胴体に鮮やかに印された、青地に白抜きの星のマークが、異様に目にしみた。

その年の四月、私は東大門（府立）国民学校に入学した。近くの電車通りを横切って、府民会場という広い運動場の横を通ってポプラ並木の道に出ると、その向こう側に学校があった。校門の両脇には六年生の男子が二人、木銃を持って立っていて、朝、先生方が校門を入るときは〝捧げつつ〟の姿勢をとった。我々男子学童は登校すると校庭を走り出し、途中、奉安殿の前で急に立ち止まって帽子を取ってちょこんと礼をして、またすぐに、明るいクリーム色の校舎めがけて駆けて行った。

アカイ　アカイ　アサヒ　アサヒ、コマイヌサン　ア　コマイヌサン　ウン。一年生のヨミカタの時間、みんなで元気に唄う声が校庭の木々にこだましていた。クラスの担任は若い久山《ひさやま》恵子先生であった。澄んだ空気とさわやかな風の中、桜の花びらが、ひらりひらり、空に舞っていた。

その頃、ルーズベルト大統領が死亡したことや、ドイツが降伏したことなど、世の中の大きな動きは（本当の意味は分らないまでも）両親や近所の上級生などから聞いて知っていた。当時の新聞には勇ましい記事が多かったと想像されるが、既に日本が深刻な事態に追い込まれていた事実（に近いこと）も載るようになっていたに違いない。母が、遠く南洋の地に出征している兵隊さんたちが〝飢え〟に苦しんでいるという新聞記事や、ドイツの軍人が敗戦を嘆いて書いた手記のことなどを話してくれた。六月に入ると、京城も近いうちに米軍の空襲を受けるに違いないという噂が広がり、学校は閉鎖された。こうして、私の京城での小学校（国民学校）生活は二ヶ月で終った。時々、空襲警報のサイレンが鳴ってB-29が飛来すると、子供たちはビラを拾うため、遠くまで走って行くのが常であった。

玉音放送から信濃の国まで

昭和二〇年八月一五日、晴れ。わが家では早い朝食の後、子供たちは外に追い出された。中では父と母が荷造りで忙しかった。いずれ空襲が始まるので、田舎（郊外）の借家に疎開するのだという。お昼の時間になって家に戻ると、荷造りが終わり、ラジオで正午の重大放送を聞いたばかりの父と母が布団包みの上に腰を下ろしていた。母が「とうとう負けちゃったわねえ」と、淡々と言ったものだ。今考えると不思議なことであるが、子供の印象では、近所の大人たちも玉音放送をややのんびりと受け止めていたようだ。

その日以降、京城では朝鮮人による不穏な動きがあったとの話が（後に）聞かれたが、また、デマも実際に流れたらしいが、東大門《トンデムン》近くの私たちの町内は平穏そのもので日常生活も概ね変らず、また、食糧事情もきわめて良好であった。子供たちは、くる日もくる日も真っ黒になって遊び回っていた。変ったことといえば、近くの八百屋で働いていた朝鮮人の若者（町内ではチョンガーと呼ばれていた）が変身したことである。終戦の日まで、片手で自転車を操り、もう一方の手に野菜を持って「マイドアリー」と元気よく配達して回っていた彼が、ある日、見慣れぬ服を着て警官用サーベルを下げ、町内の狭い通りを恥ずかしそうに下を向いて歩いていたのである。

街にアメリカ軍兵士が現れ、交番に何人かのＭＰ（憲兵隊員）の姿が見られるようになる。大勢の子供たちに取り囲まれたアメリカ軍兵士たちは、明るく陽気で、大げさな手振り身振りで話しかけてきた。大柄の黒人兵士が、紙に火をつけて口の中に入れて見せて子供たちの喝采を浴びた。

表面上の日常生活は変らないまでも、〝外地〟の邦人にとって、戦争に負けて内地に〝引き揚げる〟という現実の問題が焦眉の急となる。子供には分らないが、恐らく「京城日本人世話会」の尽力によるものであったろう、わが家では一〇月一〇日の午後、母と子供四人が出発することになった。父は仕事の後始末があり、遅れて出発するという。母は二歳に満たない妹を胸に抱き、後ろにリュックを背負い、姉（一〇歳）、私（七歳）、弟（五歳）は各自の必需品を詰めた小さなリュックを背負って家を出た。市街電車に乗って京城駅に着くと、駅前の広場は引き揚げる日本人で溢れていた。広場では、後に多くの人が報告しているように、日本に帰る邦人家族と見送りに来た朝鮮人（親交のあった人や邦人家庭で働いていた人たち）が涙を流して別れを惜しむ光景が見られたという。

夕方になり、我々のグループは四〇両編成の貨物列車に乗り込み、釜山（ふざん、プサン）に向って出発した。夜になって私たちは有蓋貨車の床に敷かれた筵《むしろ》や毛布の上で眠り始めた。列車は初め順調に進んでいたが、やがて雨が激しくなり、途中、山間部のところで停止してしまった。ボー、ボーと何度も何度も機関車の鳴らす汽笛の音が妙に悲しい響きに聞こえたことを憶えている。やがて、ゆっくり後戻りし始め、（恐らく）大田（たいでん、テジョン）駅まで戻って、そこで二〇両ずつに分けて、別々の機関車で引っ張って行くことになった。

こうして我々の釜山到着が大幅に遅れたため、予定の船は既に出帆した後であった。我々一行は釜山（第一？）高等女学校に収容され、幾つかの教室に分れて一〇日間の〝避難生活〟をすることになった。それほど窮屈でもなく、食事も毎日きちんと出された。今考えて頭の下がる思いになるが、「釜山日本人世話会」の活動によるものであったろう。夕方、数人がかりで（酒樽か醤油樽と思われる）大きな樽に一杯入った炊き込みご飯を教室内に運び込んで我々避難者に配っていた一場面を今も憶えている。ひもじい思いをした記憶はない。平壌（へいじょう、ピョンヤン）から三八度線を徒歩で突破してきた家族がいて、（私と同学年の）子供も一緒に毎日一〇里（およそ四〇キロ）の道を死に物狂いで歩いて京城に辿り着いた、という話をしていた。

いよいよ日本に帰る船に乗る日になり、一行は女学校の校舎を出た。母が前もって街に行って交渉してきたのであろう、その日の朝、ある朝鮮人の老人が大八車を引いてきて、私たち親子五人分の荷物を乗せて桟橋まで運んでくれることになった。港に近づくにつれて混雑が激しくなり、やがて、桟橋の手前で動きが止まり、そのまま夜を明かす事態になった。私たちは大八車の（傾斜した）荷台の上で代わる代わる仮眠をとった。老人はそこで立ったまま一夜を過ごし、最後まで私たちに付き添ってくれた。

乗船した船は日本軍の一〇〇〇トンの上陸船であった。私たちは甲板の一角に座り、夜も甲板上で過したが、怖いとは思わなかった。寒さも感じなかった。夜中、小さな島の近くを通過するとき、何隻もの沈んだ船のマストが海の上につき出ているのを見た。船は玄界灘の近くを通り、次の日、博多に入港した。私たちの船が停泊していたとき、こちらの船と離れたところに停泊している船との間で、船員が手旗信号で交信していて、私はその様子をすぐ近くで眺めていた。

生れて初めて見る本土・博多の街の表情は固く灰色に閉ざされていた。荒涼とした焼野原であった。人々は疲れ切った顔をして往き来していた。両足を失った人が、よくとおる声で歌を歌って物乞いしていた。博多駅前の広場には背の高いMPが二人、のんびりと立話をしていた。

博多から普通の客車に乗り、関門トンネルを通って広島、神戸、大阪などを経由して名古屋から中央線に乗り換えて（父の生れ故郷である）信濃の国、川岸村（当時）に辿り着くまで何日かかったのか、正確には記憶していない。二日以上かかった筈であるが、記憶は曖昧である。大阪駅の地下通路で一晩明かしたことだけは憶えている。内地での汽車の旅の間、車内はいつも超満員で、（名古屋始発の）中央線以外で妹を抱いた母が座席に座ることはなかった。

汽車が名古屋を出て木曽付近をゆっくり走っていたとき私は、線路のすぐ傍の細い道を一二、三歳くらいの少年が一頭の牛を引いてのんびりと歩いている姿を、（汽車の）窓から不思議な気持ちで眺めていた。ここには焼け野原はなく、晴れた秋空のもと、午後の光がまぶしかった。

母子五人が川岸村に着いたのは、斜陽が西の山に隠れる少し前のことであった。田舎の小さな駅の便所（トイレ）はきれいに掃除してあった。私たちが着の身着のままで伯父の家に着いた頃は既に夕暮れになっていた。京城を出てから二週間余りの後、一〇月二五日あるいは二六日のことであった。父は、それから一ヶ月ほど遅れて無事に帰ってきた。

＊

私たちが信州の寒村に辿り着いたとき、農家は忙しい収穫のときであった（に違いない）。二歳になったばかりの妹は、小さな足で大きな草履を履いて、鶏が遊びまわる庭を珍しそうに歩きまわっていたが、ある時ふと、母に向って「おうちに帰ろう」と言った。それから一年後、妹は、肺炎でその短い命を閉じた。満三歳の誕生日を迎える数日前、私達が京城を出発した記念の日であった。それから五年経ったとき、母もまた鬼籍に入ってしまった。わが家は終戦直後、文字通りゼロから出発して苦しい生活を余儀なくされたが、そして、末っ子の不幸にも見舞われたが、それらを乗り越えてようやく落ち着いてきた矢先のことであった。晩秋のある晩、臨終に近い母が寝ている布団を近所の人や親類縁者の方たちが取り囲んで、言葉をかけていた。やがて母は、苦しい息遣いながら、はっきりと弱い声を絞り出して繰り返し言った。「本当にお世話になりました。これから、この子供たちのことを、よろしくお願いします」。次の日の夕方、痩せて小さくなった母が息を引き取るのを私は黙って見ていた。四〇歳であった。表情は穏やかであったが、きっと無念の思いを抱いていたに違いない。母は平凡な主婦であったが、しかし、その最期は立派であったと思う。私には真似できないだろう。

五〇年目のソウル

戦後五〇年の間、私はソウルを訪問しなかった。微妙なこだわりを持っていたのである。一九九五年、それまでの勤務先を退職した直後、東大門国民学校の同窓会がソウルで開かれるとの連絡を受け、参加することに決めた。私はこの国民学校（小学校）の第三四回生で、最後の入学児童であった。同窓生には日本人が多いが、少数派ながら韓国人もいる。

八月下旬のソウル。自由な時間を利用して私は、昔のわが家の付近を訪ねてみた。ソウルの街全体の様子は勿論、戦前とは比較にならない。昔、妹が「おうちに帰ろう」と言った、その「おうち」も隣近所の家々の風景もすっかり変っている。朝鮮戦争があったことを考えれば当然である。しかし、狭い通りなど、昔の町内とその付近の街路は全く変らない。よく遊びに行った東大門（トンデムン）付近や奨忠壇（しょうちゅうだん、チャンチュンダン）公園の中を歩いた。

同窓生一行が観光地の南山（なんざん、ナムサン）を訪れた。私は頂上の展望台に登り、そこの望遠鏡で遠くを眺めていたが、急に、「なあんだ、仁川（じんせん）て、こんなに近いのか？」と思わず大きな声で叫んでしまった。「そうですよ、ジンセンは近いんですよ」という声が聞こえる。見ると、すぐ横で同年輩くらいの男性が笑っている。聞けば、韓国政府の郵政関係の元官僚で、退職したばかりだという。私には仁川（じんせん、インチョン）に対して特別の思い入れがあったのである。その仁川のことや、戦後のソウルのことや（日本の郵政省の官僚たちと協議したという）衛星通信のことなど、しばらくの間、日本語で会話を続けた。おぼろな記憶の残る朝鮮神宮は南山にあったのだが、そこで遭遇した不思議な時間であった。

別の日、ホテルに近い景福宮（けいふくきゅう、キョンボックン）に一人で出かけ、その日の午後を過した。その敷地の前面、表の大通りに面したところに、かつての朝鮮総督府の建物がある。このときは尖塔だけが取り外されて地上に展示されていた（日本帝国主義の象徴であるとして完全に撤去されたのは、次の年である）。建物の中は博物館として見学が可能であったので、私は中を入念に見て廻った。私の父は逓信省ノンキャリの郵便局員であり、一時期、この総督府の郵便局（室？）に勤務していたことがあり、私は五、六歳の頃、何度か遊びに来た。母が子供たちを連れてきたこともあり、姉と二人で来たこともある。後方に広がる敷地内の林の中で蟬を追いかけた記憶が残る。

旧総督府の建築物は、当時（大正時代）の日本建築技術の粋を集めて一九二六年（大正一五年）に竣工したという。大理石がふんだんに使われており、専門家は歴史的な近代建築であるという。それを取り壊してしまったのは、何とももったいないことで、何とか、将来のために残す道はなかったのかと考えると、実に残念である。しかし、そのような立派な建物を李氏朝鮮時代の王宮であった景福宮の敷地内に、しかもその一番前に建てた、当時の日本指導層の神経は常軌を逸していたとしか言いようがない。

＊

私がまだ幼い頃、朝、母は父を送り出した後、南向きの六畳の部屋でよく琴を弾いていた。女学校時代に盲目の先生に習ったとのことで、姉の記憶によれば、よく「六段」（八橋検校が作曲した箏の名曲）を弾いていたそうである。また、わが家では日曜日には度々、一家で百貨店や動物園などに行った（例えば、三越京城店を初め幾つかの百貨店にはエレーベータやエスカレータが完備していた）。夏になると漢江（かんこう、ハンガン）に泳ぎに行き、近いうちに仁川（の海岸）に行くことになっていた。写真館に行って写真を撮ったこともある。手元に残っている一枚の家族写真には、母が入院したとき、（恐らく二週間程の間）我々子供たちの面倒をみてくれた朝鮮人の若いお手伝いさんも一緒に写っている。妹はまだ生れていない頃と見える。

私の思い出の中で両親は、京城という（適度な大きさの）都会で、質素な借家住いながら小市民的（？）生活を楽しんでいた。戦後の苦しい数年間のことを考えると、両親にとって京城時代が一番幸せなときだったのではないか、と思われる。高崎宗司著『植民地朝鮮の日本人』（岩波新書）によれば、元在朝日本人の考え方には三つの流れがあり、その一つは無邪気に朝鮮時代を懐かしむものだそうであるが、それは生前の両親の思いであったろうし、同時に、戦後五〇年目の夏にソウルを訪れたときの私の心情に近いと言える。

戦後は終ったか

最近、若い時に読んだ藤原てい著『流れる星は生きている』（中公文庫）を読み返してみた。そして、北朝鮮（経由）の引き揚げが如何に苦難に満ちたものであったか、について改めて認識し直すことになった。もし、私たち母子五人が同じ境遇に立たされたとすれば、全員、三八度線を越える前に命を落としていたに違いない。

実際は、終戦後の非常に早い時期に無事に日本に帰ることができたのだが、それは私たちが、たまたま三八度線の南に居住していたことによる。南朝鮮では、アメリカ軍がいち早く全域に展開して治安維持に当り、また、軍政庁を発足させて日本人の本国帰還のための輸送を開始した。

終戦当時、（軍人軍属は別にして）南朝鮮には四二〜三万人の邦人がいたのだそうであるが、終戦の翌年（一九四六年）二月末までに、引き揚げは殆ど完了したという。一方、北朝鮮には二七万人の邦人がいて、また、満州から陸路（殆どの場合、歩いて）北朝鮮を経て帰国する邦人の数が相当数にのぼった（一二万人とも、それ以上ともいわれる）。ところが、ソ連軍が終戦直後の八月二五日に三八度線を封鎖したため、北からの引揚者は長期間にわたって過酷な運命にさらされた。特に厳冬期をピークにして次々と犠牲者が出て、北朝鮮領内で数万人とも言われる日本人が命を落とした。こうした多くの犠牲者たちの死体の殆どは穴を掘って投げ入れただけであったという。また、大連を含む満州地域では、終戦時一五〇万人とも言われる在留邦人のうち、二〇万人以上の死者が出たという。

戦争の終結に際して、政府の指導者は如何に自国民を保護したか、という問題を考えてみる。一九四五年七月二六日のポツダム宣言から八月一五日までの間、大日本帝国の政治・軍事指導者たちは、国体護持にこだわり、英文宣言の一句（subject to）の解釈をめぐって長い時間を空費し、（満州、朝鮮、台湾など）いわゆる外地に在住する一般邦人約三〇〇万人をどのようにして安全に本国に帰還させるか、については全く考えていなかった。

一方のドイツ。ヒトラーが自殺した日（一九四五年四月三〇日）の直後、アイゼンハワー連合国軍総司令官はドイツに即時全面無条件降伏を求めたが、ヒトラー後任のデーニッツ提督（海軍元帥）はこれを拒否する。彼は段階的降伏を模索してモンゴメリー英国軍司令官と交渉する。そして、（イギリス軍相手の）西部戦線では直ちに降伏するが、（ソ連軍相手の）東部戦線の降伏は数日間待って欲しいと要求したのである。凶暴なソ連軍兵士の残虐行為から（飛び地である）ケーニヒスベルク（現在、ロシア領カリーニングラード）に残された（約一五万人の）ドイツ市民を救出し、彼等を本国に帰還させるためである。アイゼンハワー総司令官も黙認せざるを得なかったという。デーニッツ提督は、先を見越して既に敗戦三ヶ月前からこの避難作戦を始めており、数日間の（東部戦線の）降伏延期のおかげで作戦を完遂することができた。こうして一九四五年五月八日の降伏日までに、合せて二〇〇万人以上の民間ドイツ人が救出されたという（参考、竹野弘之・講演要旨『学士会会報』第八五六号、二〇〇六年）。日本とドイツの指導者の器量の違いに唖然とするばかりである。

丸山眞男は、「戦前の日本権力（政治と軍の指導層）の無責任」を戦後いち早く指摘したが、それは戦後七〇年経った今も変らない。最近、政府は重大な憲法解釈の変更（解釈改憲）を強行しながら、政府内部の会議の議事録を含めて「公式記録」を残していないという。これは、七〇年前の日本権力と同根の無責任さにほかならない。

戦後とは何か。戦後は終ったのか？　私はまだ終っていない、と考える。次の戦争の準備など、してはいけないのだ。

（二〇一五・一二）

つれづれ　さんじゅ草

馬齢を重ねて

大学を出てまだ間もない頃、勤務していた研究所で、別の研究室の牛田さんという名前の室長が私の所属する研究室に年末の挨拶に来たことがあった。わが上司の室長であるK（小橋安次郎）博士としばらく雑談をした後の帰り際に「いやあ、私も馬齢《ばれい》を重ねましてねえ、こんな年になりました」と言った途端、K博士が「あんたの場合は、馬齢ではなくて牛齢《ぎゅうれい》って言うんじゃないの？」と切り返した。K博士は、航空流体力学の分野で高名な谷一郎・東大教授（兼東大航空研究所所長、当時）の高弟であったのだが、たいそう口が悪い。何年か後、私はニューヨーク大学（俗称NYU＝エヌワイユー）に留学することになったが、これは彼が決めた話であり、そこに谷先生と親交のある（超音速空気力学のパイオニアである）アントニオ・フェリ教授がいたからである。ある時、K博士と同世代（五〇歳前後）のH部長が私たちの研究室に立ち寄ったことがある。K博士が「今度、宮澤君をNYUに送り出そうと思っているんですよ」と言ったところ、H氏は「僕も一度はアメリカに留学したいと思っていたんだけど、どこか良いところはないものかねえ」と言う。するとK博士は「あんたは今更外国に恥をかきに行かなくてもいいんじゃないの？　あんたは日本で威張っていりゃあいいんだよ」と言ったものだ。

「馬齢を重ねる」とは、ロクなこともしないうちに年をとることを指すものであるらしいが、これは馬に対して少々失礼に当たるのではないか、と私は思っている。馬は太古の昔から人間にこき使われ、人類中心の文明を築くため大いに貢献してきたのだから。

今や我々も、山に例えるなら八〇〇〇メートル級の峠に到達し、人生最後の（？）難関に差しかかるところまで来たことになる。都会に居を定めた多くの者にとって、竹馬の友や故郷の山河や多くの近親者と離れて、核家族（プラスα）のまま老後を迎えるのは寂しいことである。特に、戦後経済成長時代のWorkaholic（仕事中毒）となった我々には、厳しい現実ではある。しかして〝老い〟に伴う様々な問題は人間誰しも経験する過程であろうし、古代ローマでも、かつての名将軍が認知症に苦しんだ記録が残っているそうである。

昨年（二〇一七年）の夏、私は一〇〇日間ほど一人でドイツの中都市（ワイマール、カッセル、ハイデルベルク）を歩いて来たが、久しぶりに見る街は、一昔前と様相が異なり、老人と移民者（もとは難民か）が非常に多いことに驚いた次第である。ドイツの老人は独立心が強く、子供や孫に頼らないのが普通だそうで、実際、一人で買い物車を押しながら路面電車（Tram-car）に乗り降りする元気な老人が多いのに感心した。知人宅でも、二人の子供は成人してアメリカで暮らしているが、愚痴はこぼさない。街を走るタクシーの運転手にはトルコ人が多い。Tram-carに元気よくどやどやと乗り込んでくる元気な若者も殆どが（ゲルマン系の白人とは）肌の色の違う移民或いはその子供たちである。ドイツの老人はメルケル首相の政策（英断？）をどのように見ているのか、本音は分らないが、これは日本の近未来の姿であろうと思い、複雑な気持ちになったものである。

思い出すことなど――清水ヶ丘（諏訪清陵高校）の日々

自主質実　我々が高校一年のとき、当時の学友会本部が清陵祭に淡徳三郎氏を講師に迎える計画を立てていたところ、滝沢厚校長から〝待った〟がかけられた。その頃の学友会は自主質実のモットー通り、学校側（教師側）からの干渉を一切受けなかった。実際、私の三年間の高校生活の中で、日常の学友会活動に対して校長先生はじめ教務の先生方からは本当によく協力・支援して頂いたと記憶している。従って、淡徳三郎氏の講演会〝事件〟は唯一の例外であった。しかも、淡氏は清陵祭の当日に来校して、会議室で多くの清陵生との懇談会で色々な体験談を話してくれたことを覚えている。

創立六〇周年　一九五五年、我々が二年のとき、（旧制中学を含めて）諏訪清陵高校創立六〇周年を迎え、新聞部では『清陵新聞』の特集号を発行した。また、六〇周年の記念行事であったか清陵祭であったのか記憶はあいまいであるがこの年、大先輩の小平権一氏（農林省の事務次官経験者）の講演を聴いた。何でも、中島喜久平氏（清陵第二校歌の作詞者）、藤原咲平氏（初代気象台長）とともに旧制諏訪中学草創期の秀才三人組の一人で、第一高等学校（当時）受験のため、三人揃って甲府まで歩き、そこから汽車に乗って東京に行ったのだそうで、このとき、中島喜久平氏が（文系）トップで合格したという逸話が残っている。

談論会　当時、談論会が頻繁に開かれており、我々の課題であった「学問（受験勉強）と人格完成（学友会活動）の両立」など多くの問題について活発な議論が行われた。弁舌巧みな上級生が多かったが、味のあるヤジも多かった。一年のときの清陵祭の招待談論会では、諏訪二葉高校（当時は女子高）の登壇者が、その頃の全国紙に連載されて話題になっていた皇女・和宮（かずのみや）について論じて、最後に、「皇女和宮の悲劇は、女性だけの問題なのでしょうか？」と問いかけの発言をしたところ、間髪を入れず、（おそらく二年生の）清陵生が「すんませーん」と大声で応じたことがあった。

（校内の）談論会でほぼ毎回登壇していた一年上の両角昌幸氏の明快かつ論理的な話しぶりは忘れ難い。彼は、一年の夏休みに西田幾多郎の『善の研究』を読んだという。また、同じく一年上の金子博厚氏は卒業談論会のとき、発言内容を筆で書いた巻物を手に登壇して、延々と長広舌をふるったものである。彼は、二年までの間に『源氏物語』（もちろん原文ですよ！）を全巻読了していた。当時、清陵高校在学三年の間に『源氏物語』を原書で全巻読了したのは、他に、我々の同期生・矢崎秀一君くらいであったと記憶している。

学友会館の建設　一九五五年（私が高校二年のとき）の秋から一九五六年の春にかけて、高木祥勝君が学友会長のとき、（当時の）同窓会が所有していた二階建ての同窓会館が残されていた。その昔、旧制中学校時代、（低学年の）遠距離通学者の宿舎になっていたようであるが、夜になると幽霊が出るという噂があって、試みに上級生が泊まってみたところ、「やはり幽霊は出るには出た」のだそうである。相当上の先輩の話である。そのようないわくつきの会館を我々現役生徒が譲り受けて学友会活動に役立てるため全面改築することになり、その作業を生徒の手で実施することになった。予算は一〇〇万円で、片山一級建築士への設計依頼から競争入札による建築業者の選定に至るまで、高木会長以下生徒（本部役員）の手で行った。もちろん、入札のときは校長先生などの立会はあったが。中でも、夭折した（副会長の）若尾久雄君のセンスと働きぶりは大変なもので、高校生のレベルを遥かに超えていた。ほぼ完成した新学友会館は我々が三年の清陵祭のときから使い始めた。しかし、この学友会館が数年後に火事で焼失してしまったことは残念でならない。

松本深志高校との交歓会　一九五六年（我々が三年のとき）の夏、松本深志高校との交歓会が、恐らく戦後初めて行われた。その年の六月のある土曜日の午後、深志校の生徒会・厚生委員会の代表数名が引率の先生とともに来校したとき、我々本部役員二、三名で対応せざるを得ないことになり、元気のよい両校生徒同士の話が盛り上がり、その昔の両校の交流の話に花が咲いて、我々もすぐに始めようということになり、それが契機となって実現したものである。テニスやマラソンなどのスポーツ交流や協議会などを、清陵祭が終了して夏休みに入る前の一日、松本で開くことになった。経験のない世代の我々が交歓会の打合わせをするため、生徒会・学友会の役員が事前に、それぞれ一回ずつ相手校を（夕方になって）訪問した。深志校の生徒が諏訪に来たときは、大いに歓迎しようということになり、夜遅く、風流を気取って諏訪湖に出かけて（七人乗りの）端艇【注】を一隻、湖に浮かべて沖に漕ぎ出た。岸につないであった二、三隻の（とある旅館所有の）小型ボートも黙って借り受けて漕ぎ出たまでは良かったのだが、その夜は風が強く、岸に打ち寄せる波が強くて、帰りに一隻（或いは二隻？）のボートが転覆してしまい、おかげで真夜中に両校の生徒数名がずぶぬれになってしまった。その夜は幸い、わが同級生・篠原健君ご両親の経営する市内の旅館に全員でお世話になって難を逃れた。

深志高校での交歓会当日の前夜、清陵から恐らく二〇〜三〇名位の希望者が塩尻峠に集まり、そこから松本迄〝むしろ旗〟を立てて夜を徹して歩いて行くこととなり、笹岡拓雄君が隊長となって引率した。このとき、（事前に）二年生の小尾嘉子さんが参加したいと希望してきたのであるが、何分にも夜中の強行軍でもあり遠慮してもらったことがあった。一年から三年までの全校生徒合わせてほぼ八〇〇名の中で、女子生徒は数名しかいない時代の話である。

夜の部の巻　当時の我々は、学友会活動・部活動に加えて、特に、秋の深まる頃のコンパの夜になると、付近の果樹園から沢山のリンゴをリュックに詰めて黙って貰ってきた生徒がいたとか、いないとか、近くのお寺の池から大きな鯉を一匹捕まえてきて煮て食べてしまったとか、しなかったとか、随分無鉄砲な清陵生活を送っていた。その頃、大学受験を控えた一年上の先輩の家に遊びに行ったとき、彼の部屋にはよその家の表札が相当数飾ってあった。人の家の表札を失敬してくれれば入試に成功するという伝説（迷信？）があったのは事実だが、それをそのまま実行したのは、バンカラ気風を持つ上級生であった。

こうして我々は、周囲に迷惑をかけながら、我らが青春を謳歌していたのであるが、それはひとえに校長先生はじめ諸先生方、周囲の父兄の方々、それに諏訪の風土が我々若者を鷹揚に見守ってくれたがゆえに可能になったのであろうし、さらには、それを許容する時代背景があったことも事実であったろう。今、この年になって振り返ってみて、改めて、既に鬼籍に入られた多くの（人生の）先輩方に深く感謝の念を新たにするのである。

日本国憲法について

しばらく前、小口征男君からメールが届き、現在の少子化と核家族は現行憲法にその起源がある。特に、昔の大家族制度を潰して核家族を生み出したのは、かのベアーテ・シロタ嬢（当時）ではないか、という見立てを示していた。彼女がどこまで日本の（原則）長子相続と大家族制を理解していたのか、甚だ疑わしいのだが、現行の家族制度と分割相続がこのまま続けば、いずれ日本の国土は荒廃し、破綻をきたすのではないかという予感がする。（私は極めてわずかな父の遺産を分割相続するため、二〇人ほどの親類縁者から実印を貰うのに苦労した）。しかし、シロタ嬢がもっとも尽力したと言われる「婚姻は両性の合意のみに基づいて成り立つ」とした現行憲法の精神は高く評価したい。

ベアーテ・シロタ譲（当時）の父君レオ・シロタ教授はユダヤ系の名ピアニストで、戦前・戦中、多くの日本人ピアニストを育てたことで知られている。私は、大学を出て間もなく、彼が来日したとき、シロタ門下生の一人の勧めで、かつてのお弟子さんたちによるコンサートを聴きに行ったことがある（シロタ教授は自ら演奏はせず、管弦楽を指揮した）。このとき私は珍しい体験をした。当時わが国最高のピアニストと言われていた豊増昇がモーツァルトのピアノ協奏曲を弾いたのだが、その第二楽章の途中で突如手が止まり、（その楽章の）最後まで管弦楽のみの演奏が続いた。あるピアニストの話によれば、このように演奏中、〝一瞬〟頭が真っ白になることがあり、これが非常に怖いのだそうである。

一九四六年当時、敗戦国・日本の新憲法草案を詰める段階で、GHQとの協議（交渉）にあたった日本の第一線の政治家・高級官僚たちは、日本語が完璧で大変な美人であったシロタ譲（二二歳）の言うことをよく聞いたという。GHQ側は、何かといえば「この条文はシロタ譲が強く推薦しているのです」と言っては日本側の了解を取り付けていったという逸話が残っている。新憲法（現行憲法）は「GHQから押し付けられた」というのが現在の改憲論者の言い分であるが、その成立過程を見る限り、そうとは言えず、GHQ側は日本側の言い分を緻密に検討し、各条文を協議して双方合意した上で決めている。何と言っても、今の憲法は、戦後民主主義の基本であるのだから、現在の政府・与党の出来の悪い（第一、文章に品格がない）草案による拙速な改憲に私は反対である。私が中学一年のとき、三年生のある秀才が「民主主義の根本精神」と題した論説をわが（田舎の）中学校新聞に載せたことを記憶している。この辺が私にとっての戦後民主主義の出発点であった。

言語の問題

三、四年前、東京のある地下鉄の駅で小平宏君と二人で電車を待っていたとき、ホームの柱に、日本名と並んでハングル文字で駅名が書かれているのを見つけた彼が突如「韓国人がノーベル賞を貰うことができないのは、このハングルのためなのかなあ」と言った。彼は時々妙なことを言い出すこともあるが、この時の直観は正しい、と私は見ている。韓国人は戦後、国語表記を表音文字であるハングル一本にしてしまったため、それまでの漢字文化による韓国独自の古典と歴史から切り離されてしまった。日本や中国の古典とも縁を切ったことになる。江戸時代、朝鮮通信使が日本を訪れた際、（漢文による）筆談で意思疎通をしたという。そのとき、新井白石と筆談を交わした通信使が白石の博識に驚嘆した、という逸話が残っている。なお、筆談という通信手法は、その後も長い間、続いていたようだ。

専門家の説によれば、今の一般韓国人の〝語彙〟は以前（漢字文化を維持していた頃）に比べてべらぼうに少ないそうである。ノーベル物理学賞を受賞したある科学者が、科学においても、深く考えるには母語（母国語）による思索が欠かせない、と言っている。分野を問わず、自身の母語の語彙が少ない人に、優れた思索は期待出来ないだろう。

最近、文部科学省は英語を小学校から教える方針を強行し始めたが、国語の基礎もできていない子供にカタコトの英語を教えることが日本の国際化に役立つと考えてのことらしい。カタコトの英語を覚える半面、それだけ将来の日本人の母語（国語）の語彙が貧弱になって、母語によるまともな思索のできない日本国民を作り出すことになるだろう。これは、藤原正彦氏の言葉を借りれば、日本国民の「愚民化政策」である。藤原氏によれば、「祖国とは国語」のことである（これは、もともと山本夏彦氏の主張である。『完本　文語文』文春文庫、二〇〇三）。高校時代、濱多津先生（187頁参照）の薫陶を受けて古文大好き人間になった私もこの説に賛成である。

英語の問題に話を戻すなら、戦後長い間、いや今でも、バイリンガル（Bilingual）は多くの日本人にとって憧れの対象であるようだ。これはしかし、とんでもないことだ。私は、ロスアンゼルスで過ごした四年の間に日本語と英語のバイリンガルであると自称する多くの日本人や日系人と知り合いになった。しかし、この人達の中で、日本語も英語もどちらも中途半端である例が非常に多いことに気がついた。英語のプロが書いた『欠陥英和辞典の研究』（宝島、一九八九）の中で副島隆彦氏は、「バイリンガル人種はどの言語で人格形成したか自分でも分からなくなってしまって、どこかボーッとした人間になっている」と指摘している。母語が人格形成上極めて重要であり、したがって、わが国の初等中等教育ではカタコトの英語を覚えるより国語（日本語）を深める学習の方がはるかに重要なのだ。この問題は長い間気になっていたことなので、ここに記しておく。

最期の言葉

若い頃私は、高齢に達したときは R. L. Stevenson の "Will O' the Mill"(『水車小屋のウィル』)や G. Gissing の "The Private Papers of Henry Ryecroft"(『ヘンリ・ライクロフトの私記』)の主人公のような静かな境地になりたい、と思っていたのだが、これがなかなかそうはいかないのが現実で、このまま幽明の境に辿りつくまで煩悩に悩まされるのかも知れない。

高校三年のとき、学友会活動で一学期の授業への出席時間が足りなかったため補習授業を受けることになり、三学期になって英語の新村先生の指導で読んだのが『水車小屋のウィル』で、非常な感銘を受けた。

高校を卒業する直前、二木隆君が、学友会誌『清陵』(第八号、一九五七年三月)に「冬の日の感傷」という一文を残している。ここでは、中年の世代の落ち着いた静かな生活に憧れを感じる、という意味のことが書かれていて、それを読んで私は大変ショックを受けた記憶がある。まだ、まともな恋愛経験も経験したことのない高校生が、それを飛び越えて、何故あのような悟りに近い境地に憧れたのか、不思議ではあるが、やはり彼には文才とともに独特のセンスがあったのであろう。私が『水車小屋のウィル』や『ヘンリ・ライクロフトの私記』の世界に、いずれ老成した折には到達したいものだと考えるようになったのは、随分後になってからのことになる。

人間の死亡率は一〇〇%である（あたり前だ）。人間誰しも高齢になると「あの世はあるのだろうか、あるとすれば、それはどのような世界なのか」と考え始めるらしい。一説によれば、人間は一生の間に大量のエネルギーを蓄積し、かつ消費して周囲に影響を与えるのだから、人の霊にも幾ばくかのエネルギーが残っている筈で、霊の世界は存在するらしい。発明王エジソンは晩年、そのような霊の世界と現世との間の通信手段を発明しようと苦心したという。一方、博識の誉れ高い一学者の説によると、「あの世」はないという。何故なら、人類始まって以来の人間の死者の数が余りにも膨大になるので、そのように膨大な数の霊を収めるスペースが「あの世」にはないのだそうである。

さて、我々もいずれこの世に別れを告げる日がやってくることになるのだが、人生の最後に何と言って眼を閉じるのであろうか。かのベートーヴェンは死の四日前、友人のシントラーに、「友よ、喝采してくれたまえ。喜劇は終わった」と言ったと伝えられている。ゲーテが目を閉じる寸前につぶやいた言葉は「もっと光を！（Mehr Licht !）」であった。アインシュタインは死の直前に何かつぶやいたのだが、付き添っていた看護師がドイツ語を理解できないため、この天才科学者が何と言ったのか、分からないままになっているそうである。我々も凡人に相応しい最期の言葉を、考えておきたいものである。

【注】端艇＝一般に小舟、ボートを示すが、当時、筆者の通う高校では、七人乗り（コックス

一、漕手六）のボートを何艘か保有しており、これを端艇と呼んでいた。競争用にも用いられたが、通常は生徒がグループを作って自由に使用した。エイトなどのように漕手の座席が前後に動くタイプではなく固定されていたのでフィックス艇とも呼ばれる。競技用のエイトに比べて性能は劣るが、幅広で頑丈に作られており、特に波の高い日以外、我々は諏訪湖の横断を楽しんだ。むかし、旧制三高の生徒が琵琶湖周航に用いたのもこのタイプの端艇である。（二〇一九・一）

笹岡君の死に寄せて

笹岡拓雄君とは、高校二年・三年で同じクラスになり、授業ではよく机を並べて勉強した。彼は高校一年の終り頃から、既に「笹岡は数学の天才だ」と校内中で有名になっていて、期末試験や模擬試験ではいつも九八点とか一〇〇点を取っていた。一方の私は三五点、三六点などと泣くに泣けない惨状であった。数学の授業が微分積分のところまで進んだとき、先生が「このχが限りなく0に近づきますと……」と説明し始めたとたん、彼は「先生、そういう定義はあいまいでいけねえ」と言う。彼は既に大学の教科書や参考書を読んでいて、極限（↓0、∞）の数学上の厳密な定義を勉強していた。彼は同級生にも説明してくれるのであるが、私には分らない。ただ、笹岡天才説にはいつも「だけど、あいつは国語がまるでダメだ」という噂がついて回っていて、彼自身も自己暗示にかかっていたようだ。

英語や他の教科に関して言えば、笹岡君は矢崎秀一君を見習ってよく勉強していた。我々が二年になって間もないときのある日、彼はJ. Hiltonの“Goodbye, Mr. Chips”（『チップス先生さようなら』）を持ってきて、私にこれを読め、と言う。矢崎君に貸したら三日後に「面白かった」

と言って返してきたとのことである。私も読み始めたものの、当時の私の実力では数ページより先に進まない。イギリス流のユーモアも理解できずに終わってしまった。矢崎君や笹岡君の英語の実力は相当に高いレベルにあったことが分かる。少し猫背で度の強い眼鏡をかけ、いつも、半紙を四等分にした分厚い紙の束を持ち歩き、その紙の上に万年筆で数式などを書きつけていた、若き日の笹岡君の姿を思い出す。

我々が三年のときの夏、清陵祭が終って松本深志高校との交歓会までの間、二、三日ほど余裕ができたので、一年下の柳沢武司君も一緒に三人で霧ヶ峰に（下駄を履いたまま）遊びに行った。ところが、強清水《こわしみず》の林の傍でのんびりと飯盒炊爨《はんごうすいさん》をしていたのが運の尽きで、市営の山小屋のアルバイト大学生（名前は忘れたが、諏訪清陵高校の先輩。さる東京の大学の法学部の学生であった）に捕まってしまい、彼の手伝いをする羽目になった。次の日の夕方、東京から一〇数名の小学生の一行が二、三人の先生の引率でこの小屋を訪れた。何でも泊まる先がないという。裕福でない地域から来たのであろうと、わが先輩が同情して無料で泊めることにした。夜、蚕棚のような山小屋で、先生方や児童たちが一階に、我々四人がすぐ上の棚で川の字になって横になり、静かになったとき、右端にいる柳沢君が突如、「あのなあ、下の貧民街の奴らなあ」と言い始めたとたん、（左端に寝ていた）わが先輩が（暗闇の中で）手を伸ばして彼の顔を殴った。と思いきや、柳沢君の横にいた笹岡君が「やあ、オレじゃねえ、オレじゃねえ」と大声を上げる。先輩の狙いが外れて、笹岡君の顔を殴ってしまったのである。次の日の朝、わが先輩の怒ること、怒ること――。我々三人はその小屋に二泊した後、山を降りた。笹岡君はそのまま、夜中に塩尻峠に行って強歩組を率いて松本に向かった。何年か後になって、ジャーナリストとなった柳沢君はカンボジアやラオスの紛争地帯に飛び込み、そこで取材中に命を落とした。

最初の（東京大）受験に二人とも失敗して東京の予備校に通い、私は初めの一ヶ月ほどは阿佐ヶ谷にある笹岡君の親戚のところでお世話になった。一浪の後、私は京都に行き、彼は東京医科歯科大にトップで合格して医学への道を歩み始めたのだが、その後も気になっていたことがあった。我々が高校三年になって笹岡君を学友会（本部役員）に引っ張り込んだのは私であり、これがなければ彼は受験勉強に集中出来た筈で、現役で東大に合格していたのではないか、という思いであり、いささか責任を感じていたのである。もちろん彼は、それを聞けば即座に否定するであろうが――。

笹岡君が医者として大成した後、折々、我々同級生や同期生を伊豆の由緒ある料亭や銀座のバーに招いてくれた。私は定年後、彼が横須賀に設立した人工透析クリニックの理事長室に何度か立ち寄った。しばらく前から、また横須賀で飲もうという話をしていた矢先、彼は二〇一七年暮れに突然、黄泉の国へ旅立ってしまった。我々同級生もいずれ近いうちに鬼籍の住人となるので、そのときは（そちらで）皆で語り合いながら大いに飲もうではないか。しばらく待っていて欲しい。笹岡君の霊安らかならむことを祈りつつ――。

（二〇一九・一）

あとがき

私も傘寿《さんじゅ》の峠を越えて、ここまで長生きしてしまった。最近は、一友人の一句「振り向けば友みな逝きぬ――」そのままに、親しい友人が一人また一人とこの世から静かに去ってゆく。寂しい限りである。

人それぞれ人生の歩み方は異なるものの、我々の世代は、一五年戦争中に生を享け、敗戦（終戦）という歴史上の大転換を幼い身で経験し、よくここまで生きてきた、という実感を抱いていると思う。

振り返って見るとき、私はここまでの人生において、国内、国外を含めて非常に多くの良き師と良き友に巡り合うことができた。それは時と運にも恵まれたからであろう。

古希を迎えた頃、（若い時から）色々の機会に書いてきた感想文・評論・随筆（のようなもの）をまとめて出版してみようと考えて、親しくしていた小尾俊人さん（みすず書房設立者、故人）に相談したことがある。それが今回、このような形で実現する迄にはいささか時間が必要であった。

今回のエッセイ集は、高校時代の終り頃から六〇年の間に書いたものをまとめたものであるが、それは、学校であれ、職場であれ、国内であれ、外国であれ、凡そ顔のわかる範囲の人達で構成された小さなサークルのために書いたものが殆どである。従って、一般性があるのか否か私には分らない。依頼を受けて書いたものもあれば、自らの意志で書いたものもあるが、それらはいずれも、それぞれの時点で自ら体験したこと、感じたこと、考えたことを、そのまま記したものである。（ドイツ語の）Dichtung（＝創作、詩作）は、私の能力を超える。ただ、今、読み返してみて、若い時に書いたものには、時代背景の違いにより、不適切と思われる表現が若干見つかったので、訂正と書き直しを加えたことを記しておきたい。

巻末の初出に示したとおり、今回のエッセイ集の半分ほどは『ミクロサロン』という名の会誌に発表したものである。これは、高校の時の同級生・同期生の有志が現役を退いたときに作った小さな集まり（ミニ同窓会）であり、年一回の会誌を発行してきた。おかげで私は、自分自身が体験したことを振り返り、整理して書き留めて公表することができた。このような機会に恵まれたのは、先日急逝した本会会長の小平宏氏および会誌編集の労を取って頂いたメンバーの皆さんのお陰である。

大学を卒業する少し前、彫刻家の高田博厚氏（今は故人）にお目にかかったことがある。戦前からフランスに滞在していた氏が約三〇年ぶりに帰国して初めての彫刻展が日本橋高島屋で（一九六二年一月末）開かれたとき、会場で氏に面会してお話を伺った。そのとき、高田氏は「人は仕事によって〝証《あかし》〟しなければならないのだよ」と強調された。今回の出版が、間もなく人生の表舞台から消えて行く私にとって、一つのささやかな証を残すことに繋がるよう願うばかりである。

小尾さんとの縁により、このエッセイ集が幻戯《げんき》書房から刊行できたことを喜びとしたい。終りに、内容、表現、用語、形式などについて、当出版社の田尻勉・代表および名嘉真春紀・編集員に大変お世話になった。ここに謝意を表します。

著　者

二〇二〇年六月

初出一覧

Ⅰ

偶奇性の法則＝『清陵』（長野県諏訪清陵高校学友会誌）第八号、一九五七年三月。初出時のタイトルは「下剋上」

雪とメルヘン＝『三文評論』一九六六年六月

学生さんの街＝『三文評論』一九六六年七月

音研遊楽記＝『音研』第一一号、一九六六年七月

Ⅱ

ストラスブール随想＝『すぺーす』（宇宙開発事業団社内報）第六六号、一九九一年一月

近代ロケット伝来考＝『NASDA NEWS』（宇宙開発事業団広報誌）第一二五号、一九九二年四月

宇宙開発って何？＝『清陵同窓会報』（長野県諏訪清陵高校同窓会誌）一九九三年五月
宇宙は有限である？＝『東京清陵会だより』（長野県諏訪清陵高校同窓会誌）第一九号、二〇〇八年九月
鳥の眼、虫の目、宇宙の眼＝『従心のミクロサロン』第一一号、二〇一一年一月
スペース・シャトルとの遭遇＝『遊行のミクロサロン』第一三号、二〇一三年一月

Ⅲ

マルヴィーダの『回想録』＝"Malwida von Meysenbug zum 100. Todestag 2003", Malwida von Meysenbug Gesellschaft e.V. Jahrbuch 2002 (Band 8), Verlag Winfried Jenior, Kassel.
青春時代の思い出に——学生のための読書論＝『図書館通信』（静岡大学附属図書館報）第一四五号、二〇〇三年一〇月
今どきの若いもの＝『耳順のミクロサロン』第五号、二〇〇五年一月
この頃都にはやるもの＝『耳順のミクロサロン』第六号、二〇〇六年一月
浜松随想＝『従心のミクロサロン』第七号、二〇〇七年一月
藪医者の効用＝『従心のミクロサロン』第八号、二〇〇八年一月
ゲーテの言葉より＝『従心のミクロサロン』第九号、二〇〇九年一月

ニューヨークの友＝『従心のミクロサロン』第一〇号、二〇一〇年一月
五〇年目の音研切抜帳＝『音研』創立六〇周年記念号、二〇一〇年一一月
小尾さんとゲーテに寄せて＝『丸山眞男手帖』第六二号、二〇一二年七月
小尾さんのこと＝『丸山眞男手帖』第六三号、二〇一二年一〇月
イタリア式学問のすすめ＝『遊行のミクロサロン』第一四号、二〇一四年一月

Ⅳ

濱多津先生のこと＝『耳順のミクロサロン』第四号、二〇〇四年一月
『三文評論』の頃＝『遊行のミクロサロン』第一五号、二〇一五年一月
京城の夏＝『遊行のミクロサロン』第一六号、二〇一六年一月
つれづれ　さんじゅ草＝『永永のミクロサロン』第一七号、二〇一九年一月
笹岡君の死に寄せて＝『永永のミクロサロン』第一七号、二〇一九年一月

宮澤政文（みやざわ・まさふみ）一九三八年生れ。長野県岡谷市出身。県立諏訪清陵高校を経て、六二年、京都大学工学部航空工学科卒業。（旧）航空宇宙技術研究所入所。ニューヨーク大学大学院にて高速空気力学の研究、七三年、PhD（博士号・航空宇宙）取得。（旧）宇宙開発事業団（現在のJAXA）入所後、大型実用ロケットの開発および国際宇宙ステーション計画（国際協定交渉）等に従事。ロスアンゼルス駐在員事務所長、ロケット開発本部副本部長、筑波宇宙センター所長ほか。静岡大学工学部教授（一九九六－二〇〇四年）を経て現在に至る。

著書『宇宙ロケット工学入門』（朝倉書店、二〇一六年）ほか。

セピア色のスケッチブック

二〇二〇年八月十五日　第一刷発行

著　者　宮澤政文
発行者　田尻　勉
発行所　幻戯書房
郵便番号一〇一―〇〇五二
東京都千代田区神田小川町三―十二
岩崎ビル二階
電　話　〇三（五二八三）三九三四
FAX　〇三（五二八三）三九三五
URL　http://www.genki-shobou.co.jp/

印刷・製本　中央精版印刷

ISBN 978-4-86488-203-3　C0095